天才王子の赤字国家再生術
10
そうだ、売国しよう
JN131311

「その節はお世話になりました」
マーデン侯爵
ゼノヴィア

「臆面もなく顔を出せるとは、
なかなか図太い神経をしておるな」
ソルジェスト王国王女
トルチェイラ

『このクソ忙しい時に何やってんだ
あのデブ
があああああ！』

「……ナナキ殿」
いつから居たのか、などという疑問を持
つことは、この少年相手には無意味だろう。
一切の音を立てることなく、当たり前の
ようにナナキはそこに立っていた。

「私を、殺しにきたのか」

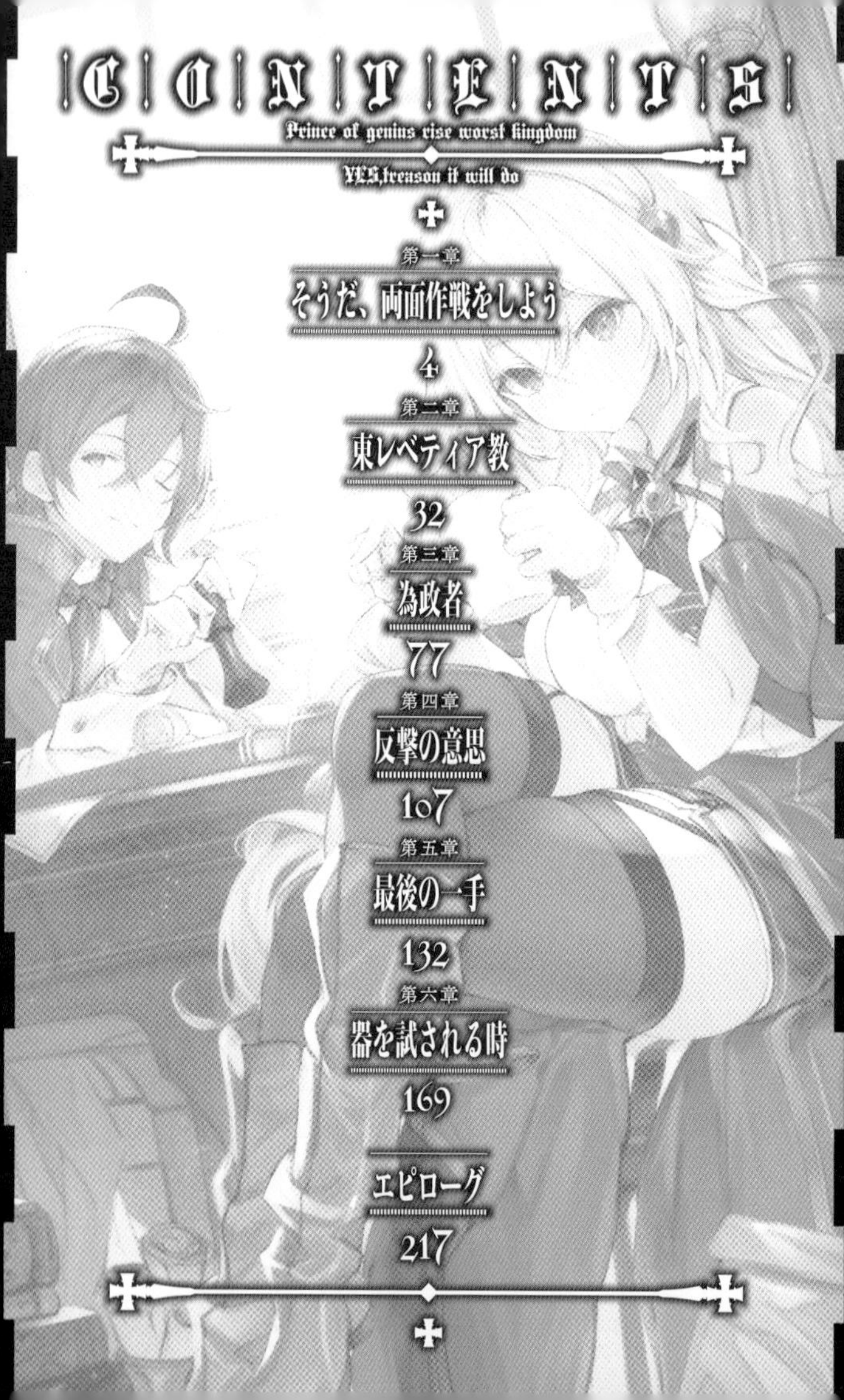

CONTENTS

Prince of genius rise worst kingdom

YES, treason it will do

天才王子の赤字国家再生術 10
～そうだ、売国しよう～

鳥羽徹

GA文庫

大陸中央部地図

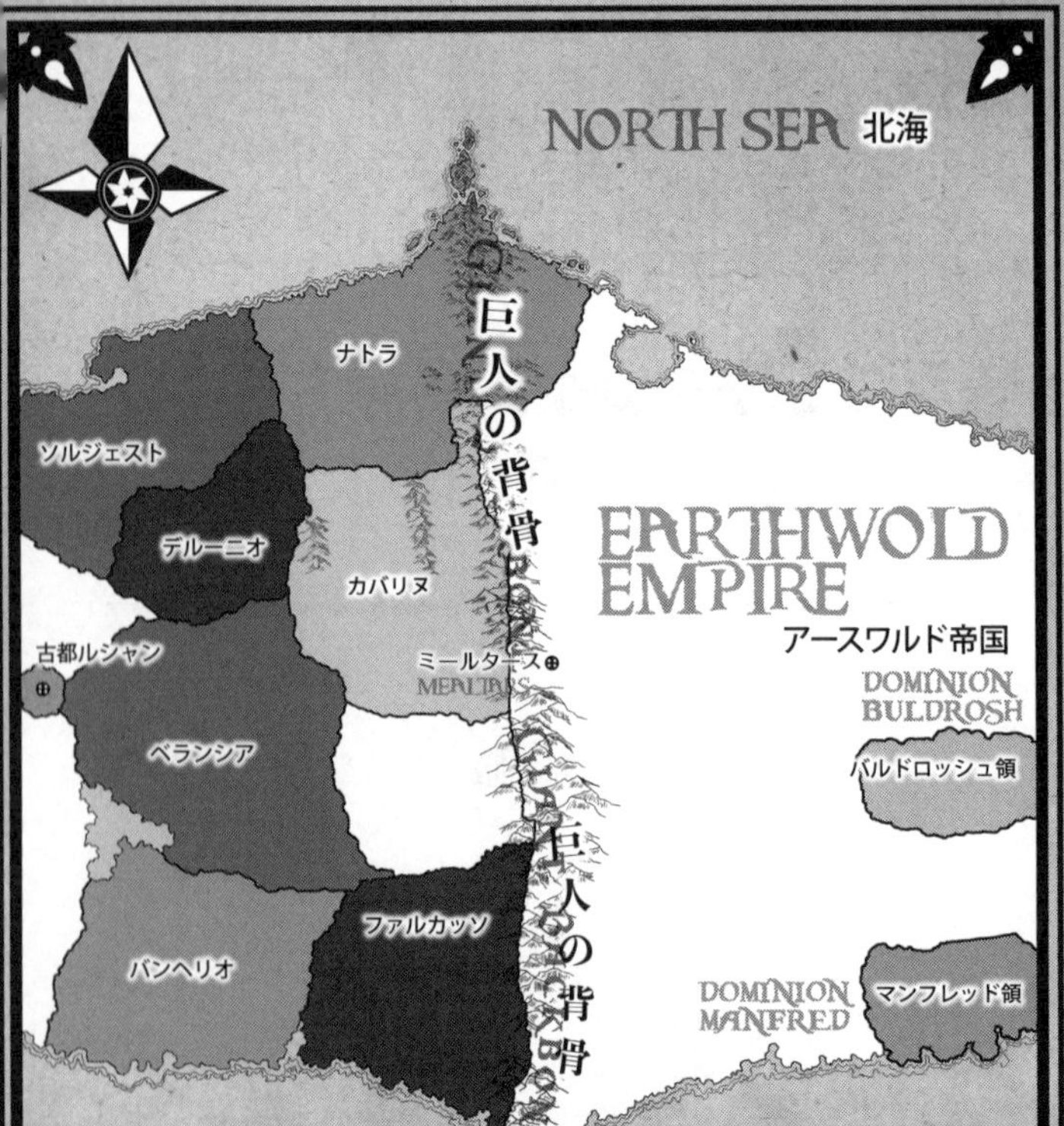
NORTH SEA 北海
巨人の背骨
ナトラ
ソルジェスト
デルーニオ
カバリヌ
EARTHWOLD EMPIRE
アースワルド帝国
古都ルシャン
ミールタース
MEALTARS
DOMINION BULDROSH
バルドロッシュ領
ベランシア
巨人の背骨
ファルカッソ
バンヘリオ
DOMINION MANFRED
マンフレッド領
SOUTH SEA 南海

登場人物紹介

ウェイン

大陸最北の国、ナトラ王国で摂政を務める王太子。持ち前の才気で数々の国難を切り抜けた実績を持つ。

仁君として名を馳せるも、本人は自堕落で怠けたがりという、性根と顔面以外の全てに優れた男。

ニニム

公私にわたってウェインを支える補佐官にして幼馴染、そして心臓。

でももう少し無茶を抑えてくれないかなとちょっと思ってる。

大陸西部にて被差別人種であるフラム人。

フラーニャ

ウェインの妹にあたるナトラ王国王女。兄のことを慕い、兄の助けになれるよう日々努力中。ルシャンの選聖会議で本格的に外交デビューした。

敬愛する兄に、自分が知らない一面があるのではないかと悩んでいる。

トルチェイラ

大陸西側の強国ソルジェスト王国の王女。政治家としての高い才能と、それに見合った野心を持つ。同年代の王女であるフラーニャの成長を見せつけられたことで焦り、ライバル視している。

ナナキ

フラーニャの護衛で、ニニムと同じくフラム人。あまり感情を表に出さないがフラーニャを大切にしている。

シリジス

フラーニャに仕える、元デルーニオ王国宰相。フラーニャを王位につけようと画策している。

グリュエール

ソルジェスト王国の国王にして、レベティア教の選聖侯でもある大陸西側の有力者。ものすごく太っている。

ゼノヴィア

ナトラ王国マーデン侯爵。シリジスとトルチェイラとは、かつて戦争の行方を巡って鎬を削った仲。

第一章　そうだ、両面作戦をしよう

暖気を帯びた風が、平原を撫《な》でる。

応じるように揺れるのは青々とした若葉《わかば》たちだ。

降《ふ》り注《そそ》ぐ日差《ひざ》しは麗《うら》らかで、つい先日までここが白銀で覆《おお》われていたとはとても思えない。

春。

南方の諸外国から遅れることしばらく。長い冬を乗り越えて、ナトラ王国もようやく芽吹きの季節を迎えていた。

「いやー、遠乗りには絶好の日和《ひより》だな」

そんな涼やかな春の平原に、馬に乗った少年が一人。

彼の名はウェイン・サレマ・アルバレスト。ナトラ王国の王太子である。

「ここまで天気が良いのは、この時期でも滅多《めった》にないわね」

そう言って、ウェインから少し遅れて続くのは、同じく馬に乗った少女。

名をニニム・ラーレイ。白い髪と赤い瞳《ひとみ》が特徴的なフラム人であり、ウェインの補佐官だ。

「せっかくの休みなんだ、目一杯羽を伸ばすとするか」

ウェインはぐてっと馬の背中に体を預けた。馬は若干迷惑そうな顔をするが、構わず人の形をしたお荷物を乗せて草原を進む。

「あんまり気を抜きすぎても駄目よ。二人きりってわけじゃないんだから」

ニニムがチラリと背後に視線を送れば、少し遅れて数人の護衛が馬に乗ってついてきている。ウェインの立場を思えば当然のことだが、だからこそだらしない真似《まね》は回避させたい。

「解《わか》ってるって。この前も家臣たちに怒られたばっかりだしな」

「……そうだったわね」

ニニムは小さく息を吐く。

「思えばこの休日だって、それが理由の不可抗力だわ」

「なんだよニニム、まだ気にしてるのか？」

「気にしないわけにはいかないわよ。私の失態が遠因だもの」

ニニムはもう一度、深く息を吐いた。

「ウェインがアガタの養子になったことで、ここまで反発があるなんてね――」

◆◇◆

「殿下には、もう少しお立場というものを自覚して頂きたい！」

それはつい先日の出来事。

ウェインの前で、そのナトラの重臣は憤りの声を上げた。

「殿下は二百年続くナトラ王家の王太子！　さらに遡《さかのぼ》ればレベティア教の高弟カレウスの末《まつ》裔《えい》！　御身《おんみ》には紛《まぎ》れもなく大陸屈指の貴い血が流れておられる！」

重臣の言葉は切実な訴えであると同時に、どこか芝居じみていた。だからだろうか、聞いているウェインとその隣に立つニニムの顔は、どこか困ったものを見つめるようだ。

「だというのに！　だというのにですぞ⁉　あろうことか、国外の人間の養子になるなど、一体何をお考えか⁉」

ヴーノ大陸の西端に、ウルベス連合という国がある。

この冬、ウェインは連合を治めるアガタという男に招待され、紆余《うよ》曲折《きょくせつ》の末に彼の養子に収まった。

——養子。すなわち名義上はアガタの子供となったのである。

この報《しら》せを受けたナトラ王宮は、当然慌てふためいた。国内の貴族間で養子として子を融通することや、あるいは王族の娘が他国に嫁ぐことはある。しかしウェインは王太子。いずれはナトラ王国を統治する身だ。それが他国で養子になるなど前代未聞。継承権はどうなるのか。そもそも養子になれるものなのか。家臣団は昼夜を問わず議論を尽くした。

「そう怒るな。今回はさすがにやりすぎたと俺《おれ》も反省してる」

なだめるようにウェインは言った。

「それに国内法に照らし合わせても、問題はないという結論が出ただろう？」

「法が許せばすむという話ではありません！」

ウェインの言葉も火に油といった様子で、男は机を叩《たた》く。

そも法的にセーフというのも、仮にアウトだった場合今度はウェインをどう処罰するのか、という厄介な問題に直面するため、強引にセーフに収めたという意味合いもある。

「殿下は一人の人間であると同時に、ナトラ王国の象徴！　その血はナトラ国民にとっての誇りです！　御身が蔑《ないがし》ろにされるということは、すなわちナトラが蔑ろにされたも同然！　なればこそ殿下を無碍《むげ》に扱うことは、誰《だれ》であっても、殿下自身であっても許されないことです！」

「いや、まあ気持ちは解るがな」

「言っておきますが、これは私だけの思いではありません！　このナトラ王国にお仕えする全《すべ》ての者たちの代弁であると考えてもらって結構です！」

「もちろんそこは承知している、しかしだ」

「そもそも！　殿下は王太子の身でありながら身軽に動きすぎなのです！　他国との外交が重要であることは認めましょう！　ですが全て殿下がこなす必要はありません！　これを機に家臣に任せるということを学ばれるべきです！」

「……」

ウェインはついに黙り込んで、傍《かたわ》らのニニムに助けを求めた。

ニニムは、ごめん無理、と頭を振った。

ウェインに対する家臣の説教はそれから数時間に及《およ》んだ。

そして今回のウェインの暴走を、王太子に仕事と権限を集中させすぎたためと考えた家臣団は、これまでならばウェインに任せていた仕事を自分たちの手でこなすようになった。

かくしてウェインの下にやってくる書類の量は大幅に減少し、ウェインは思いがけずに余暇《よか》を得ることになったのである――

◆◇◆

そして現在。

「いやー、めっちゃ怒ってたよなあ」

草原に腰を下ろしたウェインは、家臣の様子を思い出しながらからからと笑う。

「笑いごとじゃないわよ。あの時は王宮全体がピリピリしてたんだから」

ニニムもまた馬から下りると、一緒に背負わせていた荷物を広げる。荷物の中身は敷物、茶器、簡単なお弁当などのピクニックセットだ。

「まあ仕方ないさ。あいつらにとって、ようやく日の目が見られそうって時なわけだしな」

ごろんと寝転がってウェインは言う。

「ウェイン、横になるならこっちにして」

ニニムが広げた敷物の上をぺしぺしと叩く。ふぇーい、と気の抜けた返事をすると、ウェインは立ち上がることなくごろごろと転がって敷物の上に辿《たど》り着いた。

「またはしたない真似して……まあいいわ、それより今のはどういうこと？」

お茶の用意をしながらニニムが問うと、ウェインは横になったまま答える。

「これまでのナトラは、東西で行き場のなくなった人間が行きつく国だったろ？　逆に他所で良い待遇を摑《つか》める人間は、さっさと国を出ていく。つまりこの国に残るってことは、他所でやっていけないことの証明だったわけだ」

「さすがに言いすぎだと思うけれど……それで？」

「そんな残ってる奴《やつ》らにとって、ナトラ王家の存在は慰めだった。建国からおよそ二百年。大陸史を紐解《ひもと》いても、これほど長く一つの血族が統治し続けた国は珍しい」

多くの国家は、支配者の慢心、外国の圧力、天変地異等の要因から、二百年も持たずに瓦解する。百年と生きられぬ生物が身の丈を越えた機構を運営しようというのだから、あるいは仕方ないことなのかもしれない。

そしてそれゆえに、ナトラ王家の偉業は大きく際立《きわだ》つのだ。

「大陸屈指の歴史を持つ王家。それを支える自分たち。ナトラに残る家臣たちは、この一点で自尊心を保ってきた。……が、昨今になってそんな事情が変わる」

そこまで口にされて、ニニムも彼が何を言わんとしているのか理解する。

「ウェインの活躍ね？」

「まさしくそこだ」

ニニムから差し出された、茶を淹《い》れた器を受け取りながら、ウェインは言った。

「俺が摂政に就任してから、ナトラはずっと上り調子だ。伝統だけが自慢だった王家の権威も著しく向上した。これまでは古びた石ころでしかなかったナトラ王家は、他国からも由緒ある宝石として扱われるようになった」

「……当然、ナトラに残っていた家臣たちの立場も変わるわけね。金銭的な収入の面だけじゃない。宝石を守護してきたという名誉も手に入るわ」

「そう。あいつらにとってみれば、今この時こそ身も心も満たされる黄金時代に他ならない」

そこでウェインはにっと笑った。

「で、そのタイミングで俺が王家の権威に蹴《け》りを入れたわけだ」

「……怒られて当然ね」

水を差すどころではない。盛り上がっているところに火を投げ込むがごとき所業である。

しかもさらにウェインは問題発言を口にする。

「まあ俺に言わせれば、王家の権威なんてただの幻想なんだが」

「ウェイン」

「もが」

ニニムはウェインの口にお弁当として持ってきていたパンを突っ込んだ。

「あんまり過激なことを言わないの。誰が聞いてるか解らないんだから」

「もがもが」

ニニムがそう諫《いさ》めるも、ウェインはパンを呑《の》み込《こ》むと、肩をすくめて続けた。

「そうは言っても、みんな心の中では解ってることだろ？　価値があると全員が思い込んでるから価値が生まれる。いわば貨幣と同じ要領だ。共通の幻想によって、ただの金属塊が通貨となり、ただの人間が王侯貴族と扱われるって寸法さ」

「……」

「だってのに、そこに命や信念を捧《ささ》げる人間が出てくる。変な話だと思わないか？　ニニム」

「私の立場で王権の否定なんてできるわけないでしょ」

「だが今この時において、公人としての俺たちはお休みだ」

「……」

ニニムはしばしの沈黙を挟んだ後、大きく息を吐いた。

「そうね、ええ、私も同じ考えよ。まして、血筋なんてものを崇《あが》める行為に、何の意味も感じないわね」

けれど、とニニムは続ける。

「他の大多数の人間にとって、幻想が宝石なのは事実よ。その圧倒的多数の前には、私たちの意見なんて嵐《あらし》の中の木の葉でしかないわ。実際、その宝石を守ろうとした家臣たちのおかげで、こうして遠乗りに出かけられるぐらい暇にされたわけだしね」

「まあ俺としては仕事が減るなら異論はないけどな」

「言うと思った」

ニニムは半目でウェインを見た。

「けれどこのまま続けば、ウェインの望まない方向に国が舵《かじ》を切るかもしれないのよ？　不安にならないの？」

「確かにそれはちょっと困るかもしれん」

困ると口にしながらも、ウェインの横顔には余裕があった。

「ただ、果たしてあいつらにそこまでできるかな」

「どういうこと？」

「便利な神輿《みこし》に味を占めていた連中が、ちょっと反省した程度で自らを律して責任を負えるほど成長するなら、世の中は今よりずっとスマートになってるだろうってことさ」

ニニムはその心を表すかのように複雑な顔になった。

「言いたいことは解るけれど、さっきから自分の家臣に対して容赦がないわね」

「客観的に見てると言ってくれ。俺を呼び戻そうとする伝令が今すぐ来たっておかしくはないと思ってるくらいだ」

「さすがにもう少し粘るでしょ」

するとウェインは少し考えて、

「じゃあ賭《か》けるか？　俺が勝ったら語尾ににゃんな」

「また懐かしいのを引っ張り出してきたわね」

「たまには日に当てなきゃいけないだろ？」

「いいわよ。それじゃあ私が勝ったら」

と、ニニムが言いかけたその時だ。

「殿下――――！」

呼びかけに振り返れば、馬に乗って平原の向こう側からやってくる伝令の姿。

それを視界の端に収めながら、ウェインとニニムは眼を見合わせた。

「で、勝ったらなんだって？」

「……何でもないわ、にゃん」

ニニムは、ため息と共に敗北を受け入れた。

◆◇◆

その日、ナトラ王国王女フラーニャ・エルク・アルバレストは、離宮に赴いていた。

ナトラ王国における王族の住居といえばウィラーオン宮殿であるが、そこは同時に行政の中心区でもあり、常に人が出入りしている。

そのため王族が静かに過ごせるようにと作られたのがこの離宮だ。緊急時を除いて出入りが許されているのは、管理をする人間、一部の高官、王族のみだ。余人が一度踏み入れれば、まるで時が止まったかのような静けさを感じ取ることだろう。

そしてここ数年、離宮は一人の人物が静養するための施設となっている。

「――お父様、この辺りでどうかしら」

春の日差しが差し込む部屋の窓際に、瑞々《みずみず》しい花々を飾りながら、フラーニャは言った。

「うむ、そこならば風が花の香りを運んでくれるだろう」

応じるのは部屋の中央。寝台に横たわる壮年の男性。

どことなくウェインやフラーニャを感じさせる面影だが、それは気のせいではない。彼こそが二人の父親であり、離宮で静養中のナトラ王国国王、オーウェンであった。

「……ああ、暖かな春の香りだ。花はフラーニャが選んだのだったな」

「もちろん。お父様の部屋に飾る花ですもの」

「娘にこうも思いやられるとは、父親として嬉《うれ》しい限りだな」

そう言ってオーウェンは愛娘《まなむすめ》に向かって微笑《ほほえ》む。

しかしオーウェンの笑みからは活力が感じられない。原因は明白だ。笑み一つ満足に浮かべられないほど、オーウェンの肉体は衰えているのだ。

（お父様……）

父オーウェンは生来頑強とは言えない体だ。それもあって気候の急激な変化についていけず、体調を崩して政務を息子の兄ウェインに託したのが数年前のこと。

それからオーウェンは静養の日々を続けていた。しかし今をもってなお、健康になったと言えるまで快復していない。そのことが、父の姿から痛いほど感じ取れた。

「そんな顔をするな、フラーニャ」

表情に出ていたのだろう。ハッとなるフラーニャに向かって、オーウェンは柔らかく言った。

「これでも体調は悪くない。少しずつだが、出歩ける時間も増えている。いずれは民の前に姿を見せることもできるだろう」

それに、とオーウェンは笑った。

「そなたが嫁入りするまでは、断固として死ぬつもりはない。どのような様子だったか、土産話を持っていかねば、先に待っている妻《ミラベル》に叱《しか》られてしまうのでな」

オーウェンがあえて気丈に振る舞っているのは、誰の目にも明らかだ。

それでも、父のその気遣いを無碍にする選択肢は、フラーニャには無かった。

「……ふふ、そうね。お父様には私の花嫁姿でいっぱい泣いてもらわなきゃ」

「その点は保証しよう。こう見えて私は涙もろい人間だ」

二人は小さく笑い合った。

そうしてしばらく経《た》った後、オーウェンは言った。

「さて、今日はどんな話をしたものか。前は私と妻《ミラベル》の馴《な》れそめだったな」

フラーニャは自分の周囲を中心とした日々の出来事を語り、オーウェンは過去の公私の出来事を語る。これがフラーニャが見舞いに来た時の恒例だ。

とはいえ何度も回数を重ねれば、日々新たな刺激を受けているフラーニャはともかく、療養中のオーウェンの方は話の種も尽きようというもの。どうしたものかとオーウェンが考えていると、おもむろにフラーニャが要望を口にした。

「それならお父様、お兄様について教えてほしいわ」

「ウェインについて?」

それは意外な申し出だった。

「私が語るまでもなく、フラーニャもよく知っているであろう」

「そう……そう思ってたわ。私はお兄様のことを、私にも民にも優しい人だって思ってた」

フラーニャは言った。

「けれど最近、私が知っているお兄様の顔は、ごく一面にすぎないのかもしれないって思うようになったの。それでお兄様が摂政になってから実施した政策を調べて、どういう意図でそれが行われたのか、読み取ろうとして……」

「予想だにせぬウェインの姿が見えてきたか」

フラーニャはこっくりと頷《うなず》いた。

一見すると、ウェインの政策は民を慈《いつく》しんでいるように思える。しかし深く読み解くと、民の意識が及ばない部分では、容赦のない判断を下している。無論それが悪というつもりはない。しかしその、民の感情さえも計算に入れた徹底した合理性は、フラーニャの知る心優しいウェインからはかけ離れたものだ。

「だから、お父様の視点でお兄様がどういう風に映っているのか知りたいの」

「ふむ……」

娘の真剣な様子を見つめながら、オーウェンは言った。

「疑問に答える前に、一つ確認しておこう。……ウェインについて私の見解を知ったとして、フラーニャはそれからどうするつもりなのだ？」

「えっ……？」

まるで予想していなかった様子で、フラーニャは戸惑いを浮かべる。

そんな娘にオーウェンは続けた。

「人が多くの側面を持つことは解っているだろう。ウェインもその例から漏《も》れることはなかった……つまるところ、それだけの話だ。ウェインが苛烈《かれつ》な性分を秘めていたからといって、フラーニャに対する愛情が偽りなわけではない。だというのに、なぜこの話を追い続ける？」

「そ、それは――」

フラーニャは返答に窮する。

なぜ。言われてみれば、なぜだろうか。最初は納得したかったからだ。兄は心優しい人間のはずだと。それを確かめるために調べ始めたはずだ。

「責めるつもりはない。気になるというのならば答えよう。しかし否定するための材料を求めているのであれば、その要求に応《こた》えられるとは限らぬと言っておこう」

「………………」

諭すように父に言われて、フラーニャは改めて考える。

兄について調べるほどに、知らなかった兄の姿を目の当《まあ》たりにした。それはさながら深淵《しんえん》を覗《のぞ》くようで、背筋が震えたこともあった。

けれど、否定するために調べ続けたのかといえば、違うはずだ。

言葉にできないが、何か別の理由が自分の中にある。兄は心優しい。兄は国を、民を愛しているはずだ。自分は思おうとしている。――まるで、そうでなくては困るかのように。

だってそうだろう。もしも、もしもそうでなかった時は――

「失礼します」

その時、部屋の外から従者が顔を出した。

「ご歓談中のところ、申し訳ありません。フラーニャ殿下、ウェイン殿下がお呼びです。緊急ゆえにお早く、と」

「お兄様が？」

まさかここでの会話を耳ざとく聞きつけた、というわけではあるまいが、渦中の兄からの呼び出しに、フラーニャはドキリとした。

「緊急とは穏やかではないな。フラーニャ、急いで行くといい」

「あ、えっと……」

「なに、私の話はいつでもできる」

父親に促され、フラーニャは退室の意思を決めた。彼女はオーウェンに一礼すると、足早に部屋を出て行った。

その背中を見送ったオーウェンは、静かになった部屋で小さく呟《つぶや》いた。

「それにしても、私から見たウェイン、か」

僅《わず》かな苦悩を滲《にじ》ませて、言う。

「どう答えたものかな。……人の姿をした竜のようだ、などと」

◆
◇
◆

「……デルーニオ王国から、式典への招待？」

宮殿の執務室にて、フラーニャは小首を傾《かし》げた。

「ああ、ついさっき使者が来てな」

応じるのは対面に座るウェインである。彼の傍に立つニニムが持っているのは、今まさに話題に上がったデルーニオ王国からの書簡だ。

「内容は、二年目を迎えた同盟関係を祝う式典だ」

ナトラの西側に、デルーニオ王国とソルジェスト王国という二つの国がある。

以前、ナトラ王国の躍進と交易摩擦を懸念《けねん》したデルーニオ王国は、ソルジェスト王国と手を組んでナトラを攻撃しようと画策した。

しかしこの計画はウェインの策略によって破綻。主導したデルーニオ王国宰相は全ての責任を取らされて失脚し、その後三カ国は和睦して緩《ゆる》やかな同盟を結ぶ。

「こういう式典が催されること自体は不自然じゃない。が、当然ながら本当にお祝いがしたいだけなはずもない」

ウェインは言った。

「フラーニャ、現時点で予想できるデルーニオ王国の狙《ねら》いはなんだと思う？」

兄の問いかけに、フラーニャはしばらく考えて、

「同盟の結びつきが強固だと、国内外にアピールする、とかかしら」

　ウェインは頷いた。

「そうだな。この式典に各国の代表が集えば、国民は同盟が尊重されると感じて安心するし、外国は手を出しにくいと思うだろう。……他には？」

「えっ？　ええっと……」

　ウェインが問いを投げる形でフラーニャを試すのはよくあることだ。しかし、正解を口にした後で更なる答えを求められるというのは珍しい。フラーニャは慌てて頭を捻《ひね》る。

「ヒントはナトラやソルジェストと比較した場合の、デルーニオの現状だな」

「現状……」

　あるいは少し前のフラーニャならば、答えが出てこなかったかもしれない。

　しかしウェインに及ばずとも為政者としての経験を得たフラーニャは、ナトラ、ソルジェスト、デルーニオを脳裏《のうり》で比較し、やがて結論を得る。

「……式典を主催することで、同盟内での存在感を示したい？」

　ウェインはにっと笑った。

「まさしくそれだ。よく思い至ったな、フラーニャ」

　ウェインに褒められてフラーニャは顔を綻《ほころ》ばせた。

　そんな妹を見つめながらウェインは言う。

「ここ数年で躍進したナトラと、未《いま》だに強国であり続けるソルジェスト。この二国に比べてデルーニオは伸び悩んでいる。いや、もっとハッキリ言ってしまえば、前宰相が追放されてから落ち目にある」

「……」

フラーニャは複雑な顔になった。

その理由の見当はついていたが、ウェインはあえて触れずに続けた。

「王に代わって実権を握っていた悪い宰相が居なくなり、王や他の家臣たちが実権を得たことで国が正常化する……とは限らないのが、国家運営の難しさだな。話に聞く限りでは、結局王は新たな宰相の言いなりで、その宰相は前宰相より運営が下手なようだ」

「……だから、自分たちで式典を開く必要があったのね」

今のデルーニオ王国にとって、ナトラ、ソルジェストとの同盟は生命線だ。この同盟を維持するためにも、両国に埋もれないよう立ち回る必要がある。その一環が今回の式典なのだ。

「そしてここからが本題だ」

ウェインは言った。

「この三カ国同盟を尊重しないなら、招待を蹴るのも手だ。しかし我がナトラとしては、今のところ同盟を破棄する予定はない。よって、応じる方向で調整しようと思っているんだが──今の状況で俺が出向くと、また家臣たちから色々言われそうでな」

「あ……それじゃあもしかして」

ウェインがウルベス連合代表アガタの養子になった件は、フラーニャも聞き及んでいる。そしてそれに家臣団が反発していることも。ならば兄の言う本題とは、

「そうだ。この式典、俺に代わってフラーニャに出席してもらいたい」

◆◇◆

フラーニャの出立準備は、速やかに進められた。

ウェインの代行という大役だが、これまでの実績から家臣団からの反発もなく、馬車の手配、随員の選定、デルーニオ王国側との調整等々、つつがなく完了する。

そしてあっという間にフラーニャは出発の日を迎えた。

「フラーニャ殿下、もうじき出発予定時刻ですので、私は最後の確認をして参ります」

「ありがとう。お願いするわ、シリジス」

「はっ。それではまた後ほど」

恭《うやうや》しく一礼する配下を横目に、フラーニャは馬車に乗り込む。

そして柔らかなクッションの上にぽすんと腰を下ろすと、彼女は小さく呟いた。

「……なんだか不思議な気持ちだわ」

「何がだ?」

応じるのは、フラーニャに次いで馬車に乗り込む護衛の少年、ナナキだ。白い髪と赤い瞳は、彼がフラム人であることを示している。

「お兄様を残して私が国外に出発するのが、よ。いつもはお兄様を見送る立場でしょう?」

「ミールタースに行った時も見送られただろう」

「それはそうだけど」

大陸中央にある商人の都、ミールタース。フラーニャは以前、ウェインの代わりにそこに出向いたことがあった。しかしそれとはまた別の感覚なのだと、フラーニャは主張する。

「……まあ、ウェインがこうも普通にフラーニャを頼るようになるとは、数年前までは考えられなかったな」

「そうよね。ずっと目標にしていたことだけれど、こんな風に自然と外国への使者に任命されるだなんて……」

そして実のところ、不思議な気持ちと言った理由はもう一つあった。

(やっぱり、嬉しいのよね)

自分が兄について疑問を持っていることは偽りようがない。

けれど同時に、兄に褒められたり頼られると、今でも嬉しくなってしまうのだ。矛盾とまでは言わないが、根っこの部分では、自分は兄を敬愛しているのだと感じられる。

（あ……そういえば、お父様からお兄様の話を聞くの忘れていたわ）

出立の準備でバタバタしているうちに聞きそびれてしまった。しかし今から聞きに離宮に駆けるわけにもいかない。自分は兄から大事な役目を与えられたのだから。

「どうした？　フラーニャ」

「……ううん、気にしないで、このお役目をちゃんとこなそうと思っただけよ」

フラーニャが答えると、ナナキは小さく言った。

「そういうところも含めて、成長したと見られているんだろうな」

「成長……」

そう言われて、フラーニャは自らの体を見下ろした。

成長期にある彼女の体は、数年前のそれと比べて立派に成長――

「……してる？」

「……」

ナナキは黙って視線を逸《そ》らした。

その横顔に、フラーニャは近くにあったクッションを投げつけた。

執務室の窓から遠ざかる使節団を眺めていたニニムは、その姿が見えなくなると、視線を室内にいるウェインへと戻した。

「今回は心配だ心配だって狼狽《うろた》えないのね」

彼女の言葉通り、椅子に着いて書類に眼を通しているウェインは泰然としていた。以前ならば呆《あき》れるほど気を揉《も》んでいただろうに、どういう心境の変化だろうか。

「敵国との外交ならともかく、同盟国の式典に招待されただけだしな。以前にミールタースでやり遂げた経験もある。今のフラーニャなら大丈夫だろ」

確かに最近の王女の活躍は目覚ましい。ウェインの才覚はもはや疑いようのないものだが、それでもやはり体は一つしかない。国家に関《かか》わる問題ともなれば、どうしても手が回らなくなる。そこでウェインの代役を務められるようにと、何かにつけてフラーニャに経験を積ませてきたが、それがついに実を結んだ、ということか。

「これからも大きな仕事を任せることになる。この程度は簡単にこなしてもらわなきゃならないし、実際にこなしてくれるはずだ」

「……」

ウェインはあまり他人を頼らない。

なぜなら彼の持つ才覚、能力は、多くの場合で他者の助力を必要としないからだ。

どうしても誰かに頼らざるをえない時も、失敗した時に備えて別のプランを準備するなど日常茶飯事だ。

そのウェインに、ここまで言わせるとは。冷たくも感じられる今の言葉の根底に、フラーニャの能力に対する確かな期待と信頼があることは明白だった。

「……ふふ」

「どうした?」

「いえ、何でもないわ」

フラーニャが無事に帰国したら、今のウェインの言葉をこっそり伝えてあげよう。きっと彼女は喜ぶはずだ、とニニムは思った。

「まあ、何にしても休日はしばらく続きそうだな」

ウェインは目を通していた書類を机の上に放り投げた。いつもなら山積してあるはずの書類は、今日は数えるほどしか机に置かれていない。デルーニオからの突然の招待に慌ててウェインを呼び戻したものの、家臣団たちはまだ自分たちで仕事を片付けようと画策しているのだ。

「そうね。でもデルーニオで何かあった時のために、警戒は必要よ」

「それでも気楽なもんさ。万が一に備えて部隊を用意しつつ、部下に書類仕事を任せて、推移を見守ってればいいんだからな。当面はこの椅子を温めるのが俺の役目ってことで——」

と、その時、

「殿下、失礼します!」

慌ただしいノックと共に現れた官吏は、悲痛な声で報告した。

「今し方、ロウェルミナ皇女より使者が到着致しました！　アースワルド帝国にて、再び内乱の兆し有りと……！」

ウェインとニニムは顔を見合わせた。

「……ウェイン」

緊張を孕《はら》んだ従者の声に、若き王太子は大きく息を吐いた。

「どうやら、東西で両面作戦になりそうだな」

第二章　東レベティア教

デルーニオ王国が建国以来抱えている問題として、その地理がある。

国があるのは大陸西部の中心地帯。交易路としてはバッグンの立地だ。だがそれゆえに、危険な他国といくつも隣接しているという懸念《けねん》が常につきまとっていた。

北を見れば強国ソルジェスト、野心溢《あふ》れる東のカバリヌ、南のベランシアとて油断できない。

そんな国々からいつ攻め込まれるか警戒を続ける日々は、いかに交易の要衝となり得る国であっても、決して軽い負担ではなかった。

あるいは才気溢れる王太子がこの国にいれば、言葉巧みに隣国を唆《そそのか》し、潰《つぶ》し合わせることもできたかもしれない。しかし残念ながらそのような才能が王家に生まれることはなく、防衛のための軍事費用と、安全保障のための隣国への根回しに費やす資金は、年々嵩《かさ》んでいた。

そんな折に立ったのが、デルーニオ王国の前宰相だ。

彼はレベティア教に接近した。元より西側はレベティア教の強い影響下にあるが、これをさらに国内に布教し、祭司や神殿の誘致を推進させたのだ。

これにデルーニオ国内は反発した。デルーニオがレベティア教に与《くみ》したも同然だからだ。しかしすぐさま彼らは黙り込む。理由は前宰相の政治手腕と、レベティア教の傘下に入ったことで、周辺国からの圧力が目に見えて減ったからに他ならない。

「西側におけるレベティア教の権威は絶大。ゆえに、あえて自らその庇護《ひご》下に収まることで、諸外国への牽制《けんせい》を試みたのです。そうして浮いた時間と軍事費を用いてレベティア教と密接になり、選聖侯の座に着いて庇護を盤石とする……というのが、当時の私の構想でした」

部屋の中でそう語るのは壮年の男。

名をシリジス。彼こそフラーニャの家臣であり、そしてデルーニオ王国の前宰相、シリジスその人である。

「ですがナトラが台頭し、悠長に構えていられなくなりました。レベティア教の権威に囚《とら》われないナトラにとって、権威の盾しか持たないデルーニオはまさに狙《ねら》い目だったのでしょう。後はご存知の通りです。このままではデルーニオが食い荒らされると考えた私は、ソルジェスト王国と手を組んで、ナトラを抑え込もうと画策し……」

計画は失敗に終わる。

ウェインの謀略によってシリジスは失脚。そのまま国外へと追放される。

そして諸外国に受け入れてもらうこともできず、残った僅《わず》かなツテを頼って大陸東部へと渡り、半ば隠遁《いんとん》していたところで、フラーニャが来訪したのだ。私に仕えませんか、と。

「そういう経緯だったのね……」

呟《つぶや》くのはシリジスの対面に座るフラーニャだ。

兄がシリジスを蹴落《けお》としたことは知っていたが、シリジスが宰相時代にそのような政策をとっていたのは初耳だった。ナトラの台頭がなければ、あるいは彼が選聖侯の地位を摑《つか》んでいたかと思うと、何とも複雑な気持ちになる。

「お気になさらず。私も宰相となるまでに……いえ、なってからも多くの者を蹴り落として参りました。その度に私は彼らを無能と貶《けな》し、自分の行いが正しいと自負してきたものです」

そして今度は自分が蹴落とされる側に回った。それだけのこと、とシリジスは自嘲《じちょう》する。

「それよりも殿下が考えられるべきは、式典のことでしょう」

「……そうね、その通りだわ」

フラーニャは視線を傾《かたむ》ける。

視線の先にあるのは部屋の窓であり、さらに外の景色だ。

そこには見慣れぬ街並みが広がっている。

デルーニオ王国首都、リデルの景色だった。

「何事も無く到着できたのは良かったけれど、問題はここからよね」

フラーニャ率いる使節団がナトラを出立してしばらく。

彼女たちは無事にデルーニオ王国に辿《たど》り着き、今は用意されていた屋敷に逗留《とうりゅう》していた。

「ねえシリジス、デルーニオの王様……ラウレンス王はどういう御方《おかた》なの？」

「典型的な傀儡《かいらい》です。私が宰相だった頃は、能力も志もなく、家臣の言いなりにしか動かない御方でした。それは今も変わらぬと聞きます」

　シリジスは続けた。

「今回の式典も、主導したのは現宰相のマレインでしょう」

「貴方《あなた》の後任についた人ね。そのマレイン卿《きょう》については？」

「私が宰相だった頃の部下の一人です。組織の長となる器ではありませんでしたが、強い野心としたたかさを持っており、便利に使っていました。人柄は……私と同様に、王を傀儡にしていることでお解《わか》りかと」

　フラーニャは考え込みながら言った。

「一筋縄じゃいかなそうね……式典ではどう出てくるかしら？」

「恐れながら、フラーニャ殿下は王族であらせられますが、外交官としての格はウェイン殿下より下。そのフラーニャ殿下が来訪されたことで、マレインは『ナトラは同盟を維持するつもりはあるが、更なる発展まで踏み込むつもりはない』と解釈するでしょう。こちらもそのつもりで、余計な言質《げんち》を取られぬよう注意するのが上策かと」

「逆に言えば、そこさえ気をつければいいわけね？」

「はい。デルーニオ側からすれば、ナトラの王族が招待に応じただけでも十分。欲を掻《か》くよりも、まず式典を無事に終わらせることを第一にすると思われます。……ですが、少しばかり気になることが」

「何かしら？」

フラーニャが問うとシリジスは窓の外を示す。

「殿下、この都市リデルの様子をどう思われましたか？」

「え？　普通の活気のある都市だって思ったけれど……」

それに何か問題があるのか、とフラーニャは小首を傾《かし》げる。

そんな彼女にシリジスは解説した。

「仰《おっしゃ》る通り、活気のある都市です。それこそ私が宰相であった頃と変わらぬほどに。ですが思い出してください。デルーニオ王国の現状を」

「現状……あ」

フラーニャはハッとなった。

「都市に活気があるのがおかしい……そう言いたいのね？」

デルーニオ王国は落ち目である、というのがナトラでの共通見解だ。

だというのにリデルが纏《まと》う空気は、まるでそのような雰囲気を感じさせない。

「無論、ここは一国の首都。影響がまだ波及していない、あるいはしようとしているのを誤魔化《ごまか》している可能性もあります。特に他国の人間を招いているのですから、落ち目であるとして侮られるのは回避したいところでしょう。ですが私が懸念しているのは、本当に落ち目でなくなっている可能性です」

「……他国がデルーニオ王国を支援している?」

「このままデルーニオ王国が落ちぶれれば、ナトラとソルジェストに喰《く》われるのは自明の理。この二国がより力を付けぬため、デルーニオに支援を回す……確かなことは言えませんが、こういった筋書きもあり得るかと」

「……油断できない、ということはよく理解したわ」

フラーニャは顔を引き締める。不測の事態を前にして、しかし臆する気持ちが湧くことはない。兄が自分を代役に任命したのは、こういったトラブルに対処できると信じたからなのだ。

「式典では何かそういった動きについても知る機会があるやもしれません。私は付いていけませんが、あの方が傍《そば》にいるはずです。何かあれば頼られると良いでしょう」

フラーニャは頷《うなず》き、それから少し冗談めかして言った。

「こうして入国できたのだから、仮面とかで誤魔化してシリジスも付いて来れないかしら?」

前述の通り、シリジスはデルーニオ王国より国外追放を受けた身だ。

その処分は未《いま》だ撤回されておらず、本来この使節団に同行するのも渋っていたのだが、デルーニオ王国の内外に精通していることから、フラーニャに説得されて同行を受け入れた、という経緯がある。

「……私がフラーニャ殿下にお仕えしていることは、向こうも承知しているでしょう。ナトラの機嫌を損ねたくないデルーニオ側からすれば、自ら波風を立てることはしないと思われますが……あまり私が目立てば、向こうも口出しせざるをえなくなります。ここは予定通り留守番させて頂きたく」

こう慇懃《いんぎん》に返されては、フラーニャも思いつきを断念せざるをえない。解ったわ、と了承を口にして、彼女は席を立った。

「明日は式典前に挨拶《あいさつ》をしなきゃいけないし、今日はもう休むことにするわ」

「はっ。お休みなさいませ」

退室するフラーニャに頭を下げ、彼女の姿が扉の向こうに消えてから、シリジスは小さく息を吐いた。

「……まさか、こんな形で戻ることになるとはな」

窓の外を見る。フラーニャにとっては見慣れぬ景色だが、シリジスにとっては、何千、何万と眺めてきた街並みだ。

「デルーニオ……我が祖国……」

その横顔に複雑な思いを滲《にじ》ませながら、シリジスは長い間、外を見つめ続けた。

◆◇◆

翌日、フラーニャは予定通り首都リデルの中心にある王宮を訪れていた。

「……ドキドキしてきたわ」

案内される形で王宮の廊下を進みながら、フラーニャは呟いた。ここは他国で助けてくれる兄は居ない。こういう状況は初めてではないが、それでも緊張からは逃れられない。

「恥ずかしながら、私もです」

彼女の呟きに応じるのは、フラーニャの傍を歩く、少しばかり年上の女性。

元マーデン王国王女であり、王国の滅亡から紆余《うよ》曲折《きょくせつ》を経てナトラに臣従した、ナトラ王国侯爵ゼノヴィア・マーデンであった。

「これが自分の領内のことであれば、支えてくれる家臣たちも数多くいますから、多少は肩の力を抜けるのですが……外交の使節というのはやはり緊張しますね」

マーデンはナトラの西側に面する領地であり、ソルジェスト王国やデルーニオ王国とは王国時代から関《かか》わりがある。そこで今回、フラーニャの使節団にゼノヴィアも同行することになったのだ。

「これじゃいけないわね。しっかりしなくちゃ」

ぺしぺし、とフラーニャは自分の頬《ほお》を叩《たた》く。

その様子を微笑《ほほえ》ましそうに見つめながらゼノヴィアは言った。

「そう心配されずとも、フラーニャ殿下は十分にしっかりしていらっしゃいますよ」

じます」

「我々のような立場の人間は、自分の下した選択で、数千、数万の民の未来を大きく変えてしまいます。そこに何も思うところがないというのであれば、そちらの方が問題でしょう。重圧を感じる私人の心と、毅然《きぜん》と政務を実行する公人の心。その両輪があってこその為政者かと存じます」

「……かもしれないわね。ありがとう、ゼノヴィア」

どういたしまして、とゼノヴィアは応じた後、続けた。

「時にフラーニャ殿下、一つお伺《うかが》いしたいことが」

「何かしら？」

ゼノヴィアは前をゆく先導役に届かぬよう、フラーニャの耳元に顔を寄せる。

「その……使節団にシリジス卿が同行しているというのは本当でしょうか？」

「ええ、来てるわよ。立場上あまり表には出ていないけれど」

するとゼノヴィアは複雑な顔になった。

この反応で、そういえば、とフラーニャも気づく。

「貴女《あなた》たちって前に……」

「はい、少々因縁が」

「そうかしら？」

当時の宰相シリジスが、ソルジェスト王国と組んでナトラに仕掛けた際、その踏み台として利用されたのがゼノヴィアのマーデン領だ。

「もちろん今は同じナトラの臣。過去のことを蒸し返すつもりはありません。ですが……」

公人としてはともかく、私人として思うところはある、とゼノヴィアの横顔は語る。

「できるだけ貴女とは顔を合わせないよう言っておくわ。けれどもし出会ってしまった時は、くれぐれも冷静にね」

「お心遣いに感謝いたします」

頭を下げてからゼノヴィアは苦笑する。

「とはいえ、気まずい思いをしないために念のため回避しようというだけで、そこまで蟠《わだかま》りは無いのですけれどね。むしろあの件の関係者で今も思うところがあるとすれば、それは――」

言いかけたその時、ゼノヴィアの歩みが止まり、その眼差《まなざ》しが険しくなった。

何事かと、彼女の視線の先にフラーニャも目を向けて、気づく。廊下の向こう側からこちらに歩いてくる一団に。

そしてその先頭を歩く、自分と同世代の少女の姿に。

「おお、これはこれは、フラーニャ王女ではないか」

フラーニャの姿を認めるや否《いな》や、少女は笑みを浮かべた。獰猛《どうもう》さを秘めた獣の笑みだった。

そんな彼女に向かって、フラーニャは警戒心を露《あら》わにしながら言った。

「トルチェイラ王女……どうしてここに？」

同盟国であるソルジェスト王国の国王グリュエールには、二人の子がいる。

兄妹であるその子供たちの片割れこそが、目の前の少女、トルチェイラに他ならなかった。

「どうしてとは、またつまらぬ質問をしてくれるのう」

トルチェイラは言った。

「式典に出席するのだから、主催者たるラウレンス王にご挨拶申し上げにきたまでよ。しかしフラーニャ王女がここに居るということは……ふうむ、そうか、ウェイン王子とは会えずじまいか。惜しいのう」

すなわち、フラーニャがウェインの代わりにこの地へ来たのと同様に、彼女もまたグリュエール王の代わりにデルーニオ王国を訪れたということか。兄に会えないことを残念がるトルチェイラに、フラーニャは僅かに共感を抱きそうになるが——

(……フラーニャ殿下、油断なさいませぬよう)

その時、傍にいるゼノヴィアがそっと耳打ちした。

(話によれば、最近のトルチェイラ王女はグリュエール王に代わって精力的に政務をこなしているそうです)

(トルチェイラ王女が？)

(はい。今回のデルーニオ王国への使節もそうでしょうが、大貴族同士の諍《いさか》いの仲裁や、一部税の減税の発令、レベティア教との窓口を買って出るなど……その勢いは代役に留《とど》まらず、王

太子である兄や、王そのものに取って代わろうとしているようだと）

（取って代わる……）

ゼノヴィアの言葉で、共感は吹き飛んだ。

トルチェイラはナトラとの同盟締結時、半ば人質としてナトラへ留学しにきていたが、ほとんど自由な行動を許されていた。そしていつの間にか本国とも気軽に行き来するようになり、人質としての立場は形骸化《けいがいか》していたが——まさか、そんなことになっていたとは。

ということは、彼女は誰《だれ》かの代わりに来たのではなく、自分こそが国の顔役であるとして、この場に立っているのだろうか。フラーニャにはまるで理解できないことだ。

「んん……？　ああ、誰かと思えば、マーデンの元姫君ではないか」

トルチェイラの視線がゼノヴィアへ向いた。

「以前この地で散々やり込められたというのに、臆面《おくめん》もなく顔を出せるとは、なかなか図太い神経をしておるな。いや、それぐらい厚かましくなくては、祖国を自分ごと売り渡すなどできるわけもないか」

ゼノヴィアの怒りメーターが一瞬で振り切れるのを、横にいたフラーニャは感じた。

「……ええ、お久しぶりですトルチェイラ王女。その節はお世話になりました」

笑顔を浮かべながらゼノヴィアは一礼する。平然としたその態度は、むしろ怒りを露わにするよりも迫力があった。

「しかしながら、厚かましさでいえば私はトルチェイラ王女の足下にも及《およ》びませんよ。あれほどウェイン王子に惨敗してなお堂々と表を出歩けるとは、感服する他ありませんね」

ひゃー、とフラーニャは内心で悲鳴をあげた。

両者の間で散る火花が可視化できそうなほど、とてつもない緊迫感が場に満ちていく。フラーニャはトルチェイラと相性《あいしょう》が良くないと自認しているが、ゼノヴィアとトルチェイラの関係は、もはや良くないどころの話ではない。

ゼノヴィアからすると、ソルジェスト王国はマーデン王国と友好関係にありながら、マーデンが窮地に陥《おちい》った際に見捨てた裏切り者。トルチェイラからすると、ゼノヴィアは勝手に自滅したマーデンの残骸《ざんがい》にすぎず、敬意を払うに値しない人間、という認識のようだ。

（……でもそれにしたって、随分と刺々《とげとげ》しい気がするけれど）

フラーニャが見てきたこれまでのトルチェイラは、常に余裕を持っていた。ゼノヴィアを内心で小馬鹿《こばか》にしていたとしても、ナトラの侯爵という立場でもある彼女を、こうも真正面から嘲笑《あざわら》うのは、何だからしくないと感じる。

（ゼノヴィアが嫌いだから……？　ううん、そういうのじゃなくて……）

焦《あせ》り。そう、今のトルチェイラからはなぜか焦燥を感じる。そして挑発を口にしながらも、ほとんどゼノヴィアのことを意識していない。彼女が意識しているのは、むしろこちらのような――

「これは一体何事か……⁉」

不意に、第三者の声が割って入った。

見れば、一人の男が廊下の向こうから足早にやってくる。

「……マレイン卿か。先ほどぶりじゃの」

現れた男に対して、つまらなそうにトルチェイラが口にする。

(マレインって、デルーニオ王国の現宰相の名前よね)

ならば彼が、シリジス失脚の後、デルーニオの実質的指導者となった男か。目の前の状況に慌てている様子からは、あまり威厳や器量は感じられなかった。

「そちらにいるのは……ナトラのフラーニャ王女であらせられますな。トルチェイラ王女、彼女と何か?」

「なあに、奇遇にも知人と顔を合わせたゆえ、雑談に興じていたまでよ」

マレインから咎《とが》めるような視線を向けられると、トルチェイラは面倒そうに手を払った。

「それでは妾《わらわ》はお暇《いとま》するとしよう。……フラーニャ王女、次は式典で会おうぞ」

そう言い残すと、従者たちを引き連れて、トルチェイラは去って行った。

去り際、フラーニャに向けた視線に、強い意志を込めながら。

「……」

遠ざかるトルチェイラの背中を見届けた後、こほん、とマレインが咳払《せきばら》いをした。

「大変失礼をいたしました。このような場所でお二人を鉢合わせさせてしまうとは」

「お気になさらず。トルチェイラ王女も仰っていましたが、本当にただ雑談に興じていただけですので」

チラリと横を見れば、ゼノヴィアも落ち着きを取り戻している。あのままヒートアップしていたらどうなっていたことか。

「それでは改めまして……デルーニオ王国で宰相を務めております、マレインと申します」

マレインは深々と一礼した後、言った。

「この先は私がご案内しましょう、こちらへどうぞ、フラーニャ王女」

「ありがとうございます、マレイン卿」

マレインに導かれる形で、一堂は再び歩き出す。

トルチェイラと遭遇という予想外の事態から脱したことで、連れている従者たちから僅かに弛緩《しかん》した空気を感じるが、油断はできない。目的である王との謁見はこれからだ。まして、たとえ威厳は感じなくとも、マレインは一国の宰相に登り詰めた男なのだ。

事実、フラーニャは気づいていた。いかにも恐縮していそうな物腰でありながらも、マレインの瞳《ひとみ》は、こちらを深く推し量ろうとしていることに。

(……しっかりしなきゃいけないわね)

ぺしぺし、と内心で自分の頬を叩いて、フラーニャは気持ちを一層強く固めた。

◆◇◆

「……ナトラよりよくぞ参った、フラーニャ王女。そしてマーデン侯爵」

謁見の間にてフラーニャたちを待ち受けていたのは、一人の男だった。

玉座に収まるその男こそ、デルーニオ王国国王ラウレンスだ。

「お初にお目にかかります、ラウレンス陛下。此度《こたび》は同盟の継続を祝う式典に招待して頂き恐悦です。我が父オーウェンに代わって、厚く御礼を申し上げます」

代表してフラーニャが口上を述べる。年端もいかない少女でありながら、堂々としたその振る舞いには、控えているデルーニオ王国の家臣たちからも感嘆の声が漏《も》れた。

対してラウレンス王は、フラーニャとは逆に落ち着かない様子だ。

「う、うむ……それで式典の予定についてだが……マレイン」

「はっ」

儀礼的なやり取りの後、ラウレンスの傍に立つマレインが式典での流れを口にする。もちろんその大半は事前に調整していたため、ここでの口上はただの確認にすぎない。

しかしそれゆえに、フラーニャは冷静にラウレンスを観察できた。

若い王様だ、と思う。もちろん自分よりずっと年上なのだが、それでも三十代から四十代くらいか。同じ王様でも自分の父親たるオーウェンと比較すると、どこか頼りないと感じるのは錯覚ではないだろう。

（ラウレンス王は、さっきから口数も少ない上に、そわそわしてるわね……）

以前兄は、王様が沈黙するのは一つの戦略だと言っていた。対話はコミュニケーションの基本だが、同時に自分の器量が相手に見切られる懸念もある。そうして王様の底が暴《あば》かれ、侮られるぐらいなら、いっそ黙して語らず、威厳と神秘性を保つのも手である、と。

しかしたとえ黙っていたとしても、落ち着かない様子で忙《せわ》しなく視線を泳がせていては、威厳や神秘性もあったものではない。チラリと傍に控えているゼノヴィアを見れば、彼女もラウレンスの様子に呆《あき》れているようだ。

しかしそれ以上にひどいのが、周囲の家臣たちもラウレンスをフォローすることもなく、いつものことだと言わんばかりに放置していることだろう。傀儡、というシリジスの言っていた言葉が、フラーニャの脳裏《のうり》を過《よぎ》った。

（……でも）

そんなラウレンスに対して、フラーニャの心に侮蔑《ぶべつ》の感情は浮かばなかった。

むしろフラーニャは、彼の姿にある種の共感を得た。

兄の助けになろうと決意し、日々を学習に費やしたおかげで、自分はこうして外国への使節も任されるようになった。けれどももしもそうしなかったら、どうなっていただろうか。

兄に守られるまま、家臣たちの甘い言葉に身を任せ続けていたら、自分もラウレンス王のようになっていたかもしれない。そしてその可能性は、決して低くなかっただろう。そう思うと、彼を嘲笑おうとは、とても思えない。

何よりラウレンスの表情だ。フラーニャには解る。あれは、どうにかしたいと思いながらも、その力が無く、もがいている顔だ。かつて自分がそうだったからこそ、ラウレンスの持つ苦悩が伝わってくる。

「――式典の流れはこのような予定です。何かご質問はありますかな？」

考えを巡らせているうちに、マレインの話が終わっていた。

フラーニャは数秒考えた。質問の有無について、ではない。傲慢かもしれない。余計なお世話かもしれない。あるいは政治的には今のままの方が都合が良いのかもしれない。しかしもしもラウレンス王が変化を望み、そのきっかけを求めているのであれば――

「いいえ、丁寧に説明して頂いて助かりました。これで式典にも心置きなく臨めます」

そう口にしてから、フラーニャはラウレンスに目を向ける。

「ラウレンス陛下、式典では若輩者ゆえご迷惑をおかけするかもしれませんが、三カ国の末永い同盟のため、精一杯尽力いたしますので、どうぞよろしくお願いします」

「お、う、うむ」

頷くラウレンス。するとフラーニャは小さく笑って、

「ふふ、どうやらラウレンス陛下は緊張していらっしゃるようですね」

「……っ」

遙《はる》か年下の少女に内面を指摘され、瞬間、ラウレンスの顔に恥辱が過った。

しかしそれが火を噴くよりも早く、フラーニャは続けた。

「安堵《あんど》いたしました。緊張していたのが私だけではなかったことに」

「ふ、フラーニャ王女も、か？」

少女の言葉を受けて、ラウレンスの心は恥辱よりも共感を覗《のぞ》かせる。

「もちろんですとも。ここに来るまで終始ドキドキしていましたわ」

貴人然とした態度から、年相応の子供のようにフラーニャははにかんだ。

「ですがお互い緊張していただなんて……ふふ、そこのマーデン卿とともに、陛下が怪物のように恐ろしい御方だったらどうしようかと話していましたが、杞憂《きゆう》だったようで安堵しました」

「……そう、か」

フラーニャの言葉には嫌味《いやみ》や皮肉は微塵《みじん》もなく、だからこそだろう。ラウレンスもまた僅かに相好を崩した。

一方で、隣に立つマレインは微妙な顔になる。フラーニャの言動に一体どのような政治的意図があるのか、図りあぐねているのだろう。

しかし解るはずもない。なぜならフラーニャにそんな意図など微塵もないからだ。

ただ、傀儡と嘲笑われるラウレンスに共感し、その心を解きほぐして前向きになるきっかけになれば――そう思っての会話なのだ。

「陛下は王位に就いてからどれほどに？」

「……何年、であろうな。もう十年は経《た》ったか」

「そんなにも。でしたらさぞご苦労なさっていることでしょう。私もこうして外遊に出るようになったのは最近のことですが、学ばねばならないことが沢山で。いっそ逃げてしまおうかと思うことも少なくありませんわ」

「それは……少しばかり、解らないでもないな」

ラウレンスは苦笑いを浮かべた。そんな彼にフラーニャは続けて、井戸端で交わされるような、他愛《たあい》のない言葉を投げかけていく。すると次第にラウレンスのさび付いていた口がねも緩《ゆる》んでいき――

「陛下」

これ以上好きに喋《しゃべ》らせるのはまずいと見たか、マレインが割って入った。

「この後の政務もありますので、この辺りで」

すると一瞬、ほんの一瞬ラウレンスはマレインに反感のような感情を宿した。

しかしそれはマレインの視線を受けるとすぐに霧散し、ラウレンスは目をそらして言った。

「そ、そう、であったな。……フラーニャ王女、もう下がってよいぞ」

「……」

解っていたことだ。こんな短い会話で人が変わることなどない。フラーニャは少しだけ失意の顔になったものの、すぐに気を取り直した。

「それでは私たちはこれにて」

恭《うやうや》しく一礼し、フラーニャはゼノヴィアと共に踵《きびす》を返そうとして、

「……いや、待て」

ラウレンスの言葉にフラーニャたちは動きを止める。

見ればマレインの方も予想外だったようで、僅かな驚きを顔に浮かべていた。

「何でしょうか？　ラウレンス陛下」

フラーニャは問いを返すが、しかしラウレンスはすぐに返事をしなかった。

言葉を濁し、視線を泳がせ、周囲が焦《じ》れ始めた頃にようやく彼は口を開き、

「その、噂《うわさ》に聞いたのだがな。そちらに、シリジ――」

「陛下」

マレインの鋭く冷たい声と視線が、ラウレンスを制した。国王というデルーニオで最も権力を持つはずのラウレンスは、それだけで肩を震わせた。

「どうやら陛下はお加減が優れない様子。フラーニャ王女、今日のところはお下がりくだ

さい」

有無を言わせない強い語気で、マレインは謁見を締めくくろうとする。

しかしフラーニャはすぐに頷かなかった。ただジッと、ラウレンスを見つめた。彼の言葉を、促すかのように。

「フラーニャ王女」

マレインの二度目の声には、ハッキリと苛立《いらだ》ちが混じっていた。

同時にゼノヴィアも耳元で囁《ささや》く。

「殿下、潮時かと……」

「……」

フラーニャはなおラウレンスに視線を注《そそ》ぐが、ラウレンスは動かない。

これ以上は無意味と考えて、彼女は小さく礼をした。

「陛下のご容態に気づかないまま、長々と失礼いたしました。どうぞご自愛下さい、ラウレンス陛下」

できることはここまでだ。自分自身、やらなくてはならない本来の役目がある。

この謁見の間でのフラーニャの行いが、無意味な自己満足で終わるのか、あるいは種子として将来芽吹くのか、今は神のみぞ知ることだった——

◆◇◆

「如何《いかが》でしたか、謁見の方は」

「概《おおむ》ね何事もなくすんだわ」

屋敷に戻ったフラーニャは、早速シリジスと謁見の様子について話し合っていた。

「ただ、気になることが二つ」

「伺いましょう」

「一つはシリジス、貴方が私の家臣になったことは、やっぱり向こうに知られているわね。多分、貴方がここにいることにも」

これにシリジスは小さく頷いた。

「マレインも無能ではありません。その程度の情報収集はしているでしょう」

「ラウレンス王が貴方について私に聞こうとして止められてたけれど、やっぱりナトラとの関係をこじらせないためかしら？」

「陛下が……いえ、そうですね、私が居ることを国王が明言してしまえば、マレインもこの件を追及せざるをえませんから」

シリジスはその光景を思い起こすように瞼《まぶた》を深く閉じた。それを横目にフラーニャは続ける。

「あとは、トルチェイラ王女ね」

「……ソルジェストの王女と出会ったのですか?」

「ええ、私と同じく代表として来ていたみたい。それで謁見の前に少し話す機会があったのだけれど……なんだか、様子が少し変だったの」

フラーニャは難しい顔になる。

「らしくない……なんて言えるほど、トルチェイラ王女のことを知っているわけではないけれど、それでも今日の彼女には違和感があったわ。ゼノヴィアも彼女には注意するよう言っていたし」

「……私もあの方のことを深く知るわけではありませんが、野心家であることは間違いないでしょう。今回の式典への出席も、ただの代理のお使いと思わず、何かしら思惑を抱えていることは十分に考えられます。とはいえ、今のところどう動くかは……」

「判断材料が足りないわよね」

ふにゃあ、とフラーニャは気の抜けた声をあげた。

「本番の式典も控えているし、今日のところはここまでね。シリジス、下がっていいわ」

「はっ。それでは失礼いたします」

フラーニャに促され、シリジスは部屋を退室する。

そして廊下を歩きながら、シリジスは思った。

(……私の存在を向こうも認識している、か)

場合によっては秘密裏に向こうから接触、あるいは、こちらから接触することもできるかもしれない。追放されたとはいえ元宰相。まだ使えるツテは国内に残っている。

（しかしマレインはともかく……陛下は今、私をどう思っているのか）

シリジスが追放される際、ラウレンスはシリジスに対して面罵《めんば》の限りを尽くした。

全権を握っていた家臣が失脚したことによる、信頼を裏切られたという思いもあれば、傀儡から解放されて清々したという思いもあったろう。何にしても、自分と王の繋《つな》がりはこれで断ち切られたと思っていたが――

（フラーニャ王女の話を聞く限り、陛下も思うところがあるように感じるが……）

安易に踏み込むのは危うい。そう考えたところで、

「おい」

「っ――――!?」

突如《とつじょ》真後ろから響いた声に、シリジスは体を震わせた。

慌てて振り向けば、廊下の影からにじみ出るように、一人の少年が現れる。ナナキだ。

「な、ナナキ殿」

「予《あらかじ》め忠告しておく」

シリジスの慌てぶりと対称的に、ナナキは無機質に言った。

「フラーニャが敵を見逃せと言えば、俺《おれ》は見逃す。フラーニャが味方を守れと言えば、俺は守

る。――だが、フラーニャが何と言おうと、裏切り者は許さない」

赤い瞳がシリジスを射貫《いぬ》く。その鋭さは、今の言葉が脅しではないことを如実《にょじつ》に表していた。

「忘れるな。俺は見ている」

そしてナナキは、シリジスの反応を待つ間もなく、音もなく物陰に消えていった。

残されたシリジスはしばらく立ち尽くしていたが、やがて落ち着きを取り戻すと、小さく、自らに言い聞かせるように呟いた。

「言われずとも解っている……解っているとも……」

◆◇◆

薄明かりが灯《とも》る部屋の中に、トルチェイラの姿はあった。

椅子に腰掛け、手元にある書簡を眺めるその様は真剣そのものだ。

「……殿下」

そんな彼女に、控えていた従者が声をかける。

「夜も更けて参りましたので、そろそろ休まれては……」

「ん？　おお」

言葉を受けて、トルチェイラは書簡から顔を上げた。

「もうそんな時間か。いささか集中しすぎていたようじゃな」

んんー、と可愛《かわい》らしく伸びをして、トルチェイラは言う。

「しかし、不思議と眠気を感じぬのう。普段通りにしているつもりであるが、ふふ、我が意に反して肉体は昂揚《こうよう》しているか」

「……殿下」

従者は声と表情に不安を滲ませる。この若き主が何を企《たくら》んでいるのか、知っているがゆえに。

「そんな顔をするでない。計画は十全に進んでおる。それゆえ、できればウェイン王子に見せつけてやりたかったが……まあ、仕方あるまい」

トルチェイラは剛毅《ごうき》に笑った。

「今こそ万民に証明しようぞ。妾がこの大陸を動かすに足る為政者《プレイヤー》であることをな──」

◆◇◆

開催された式典は、元より祝い事であるためか、フラーニャが想像したよりも幾分緩やかな空気で進行した。

ラウレンス王の挨拶から始まり、ナトラの代表であるフラーニャと、ソルジェストの代表であるトルチェイラの祝辞。さらに集められた有力者たちの前で、同盟継続の共同声明と調印を行う。これで式典の大半は片付いたが、気を休める暇もなく、懇親会が始まる。

　実のところ、式典の参加者にとっての本番はこちらの方だ。飛ぶ鳥を落とす勢いのナトラにおいて頭角を現すフラーニャ。強国ソルジェストの王女であり、存在感を増しつつあるトルチェイラ。この二人と一言二言交わすために、参加者は文字通り列を成した。

　そして始まる怒濤《どとう》の挨拶攻勢。やれ自分はどこの貴族だの、どこで商売をしているだの、王女の記憶の片隅にある余白を巡って、人々はこぞって口上や贈り物を用意する。そうしてフラーニャは右を向いて挨拶、左を向いて挨拶、挨拶、挨拶挨拶挨拶を繰り広げ――

「ふにゃあ……」

　ようやく列が捌《さば》けた時、フラーニャは息も絶え絶えだった。

「お疲れ様です、フラーニャ殿下」

　傍に居たゼノヴィアが微笑みながらフラーニャを労《ねぎら》う。彼女もまたナトラの侯爵であるのだから、当然多くの人間が声をかけてきたものの、フラーニャと比べれば何ということはない。

「まさかこんなに人が来るだなんて……」

　呻《うめ》くように呟くフラーニャ。

　会場は今も人で一杯だ。隙《すき》を見て隅っこに避難したが、じきにまた人が集まるだろう。

「落ち目のデルーニオが主催ということで、どうなるかと思いましたが……やはりナトラ、ソルジェストの王族が参加するというのは大きかったのでしょうね」

ただし、とゼノヴィアは続けた。

「少し気になったのは、招待客の中で、商人の割合がかなり多そうなところですね」

意外な意見にフラーニャは小首を傾げた。

「そうだったかしら？」

「ええ。私に話しかけてきた者は多くがそうでしたし、フラーニャ殿下の方でも相当な人数がいたのでは？」

「んー、言われてみれば……」

挨拶攻勢を捌くのに一杯一杯で、そこまで気が回っていなかったが、思い出してみると確かに商人を名乗る人物が多かった。

「でも、どうしてかしら？」

たとえばここが商人の都、ミールタースならば不思議ではない。しかしフラーニャがいるのはデルーニオ王国だ。たまたま偏ったという可能性も考えられるが、こと政治の舞台では裏で思惑が動いていると考える方が自然である。しかしその理由が解らずフラーニャは小首を傾げた。

「――ご歓談中に失礼」

不意に横合いから声が挟まれた。

二人が振り向けばそこには宰相マレインの姿があり、さらにその隣に、見知らぬ若い男が立っていた。

「これはマレイン卿。どうされましたか？」

さりげなくゼノヴィアは一歩前に出ると、フラーニャを庇《かば》える位置につく。

そんな二人の警戒心を下げるようにと、マレインは笑みを浮かべて言った。

「主賓たるお二人を壁の花にしていては、主催する側として名折れでしょう。丁度ご紹介したい者もおりますので、一つお話をと思いましてな」

マレインは視線で傍らの男を前にと促す。

男はそれに応じて一歩踏み出すと、深々と一礼した。

「お初にお目にかかります、フラーニャ王女、マーデン侯。私はこの地で宣教師として活動しております、ユアンと申します」

「宣教師……？」

柔和な笑みを浮かべる青年が口にしたのは、予想外の肩書きだった。フラーニャは眼を瞬《しばた》かせ、ゼノヴィアも困惑を顔に浮かべる。

「レベティア教の方ですか。しかしデルーニオに宣教師とは……」

ゼノヴィアの口振りには疑問が宿っていた。

それもそのはず、宣教師といえば未だ宗教の影響下にないところへ教えを広めにいく人間、というのが一般的だ。

しかしながらデルーニオ王国は地方までレベティア教が根付いている。宣教師の役目はとっくに終わっているのでは、とゼノヴィアは思ったが――

「ああ、申し訳ありません。今のは誤解を招く言い方でしたね」

疑問に答えるように、宣教師の男、ユアンは言った。

「私は、東レベティア教の人間です」

◆◇◆

「東レベティア教とはその名の通り、大陸東部を中心として活動するレベティア教の分派です」

それは以前フラーニャが体験した、ナトラの王宮での一幕。

教師であるクラディオスの下、フラーニャは東レベティア教についての教えを受けていた。

「発足したのは今から百年ほど前になりますが……フラーニャ殿下、およそ百年前にナトラに起きた大きな事件を覚えておいでですかな？」

「キルクルスの令、よね？」

生徒の言葉にクラディオスは満足げに頷く。

キルクルスの令とは、百年前にレベティア教が発令した巡礼の新たな解釈だ。

それまでレベティア教は大陸一周を巡礼路としてきた。これは開祖レベティアが行ったとさ

れる大陸一周の偉業が元となっており、この道筋をなぞろうと毎年多くの信徒が大陸東部へと向かっていた。

しかしキルクルスの令で発表された新解釈は、巡礼が大陸西部の一周だけで成り立つというものだった。

これは当時の選聖侯たちが、レベティア教がまだ根付いていない大陸東部において、巡礼中の信徒が死傷する事例が多いことを懸念してのこととされているが——実態は違う。帰還した信徒によって大陸東部の文化、価値観が西側に持ち込まれ、自分たちが築き上げていた既得権益が崩されることを嫌ってのものだった。

「キルクルスの令で制定された新たな巡礼路にナトラは含まれてなくて、巡礼者との交易で成り立っていたうちはピンチになっちゃったのよね」

その結果ナトラは東寄りになったり、落ち延びてきたフラム人の一団を受け入れたりと、変化を余儀なくされたという経緯がある。

「満点の解答です、フラーニャ殿下。しかしながらキルクルスの令によって大きな被害を受けたのは、実はナトラだけではありません」

「北のナトラがそうだったのなら、南とか？　確かファルカッソ王国よね」

大陸に三本ある東西を結ぶ公路。北の道にあるのがナトラであり、南の道にあるのがファルカッソ王国といった。

「ファルカッソ王国は巡礼路にこそ含まれませんでしたが、逆にレベティア教に接近し、東側に対する防波堤としての地位を固めることに成功していますので、この件ではそこまで被害を受けてはいませんな」

「むう、ズルいわね」

見知らぬ王国に憤りを示した後、フラーニャは頭を傾ける。

「でもそれなら、大きな被害を受けたのってどこかしら？」

「答えは、大陸東部において活動していた、レベティア教の信徒です」

あ、とフラーニャは声をあげる。言われるまで想像もしていなかったが、巡礼路があるぐらいなのだから、確かに大陸東部でも布教しようと活動しているのが自然だ。

「当時から、選聖侯たちによる政治的な都合で教典が歪《ゆが》められている、という批判はありました。そしてこのキルクルスの令もまた、選聖侯たちが内々で決定し、大陸東部の信徒は寝耳に水だったと聞きます」

「それじゃあ反発も相当だったでしょう」

「ええ。しかし選聖侯はレベティア教での地位もさることながら、俗世においても王侯貴族等の高い地位を持つ者ばかり。何を言っても聞き入れられることはなく、それどころか大陸東部に住む人々を蛮族の集まりと扱う始末。激怒した東部の信徒はレベティア教と袂《たもと》を分かち、東レベティア教を立ち上げるに至ったのです」

そうだったのね、とフラーニャは感嘆の息を漏らした。

東レベティア教の存在は聞いていたが、そのような歴史があったとは。巻き込まれたナトラもそうだが、つくづくキルクルスの令は大きな影響を及ぼしたのだと感じる。

「その後、東レベティア教は後ろ盾を得るために黎明《れいめい》期の帝国に接近し、友好関係を結びました。これにより帝国の拡大に伴って東レベティア教も大きく成長し、今や大陸東部において屈指の宗教となっております」

「それじゃあ帝国の国教に？」

「いえ、そこまでは。皇帝の権威を神に奪われたくない帝国側の思惑もありましょうが、東レベティア教としても、世俗の権力者に好き勝手された結果の分派ですから、権力と距離を詰めるのには慎重なのでしょうな」

ですが、とクラディオスは言った。

「東レベティア教が大きな力を持っていることは間違いありません。そして西側へ進出する機会は常に狙っていることでしょう。もしも出会うことがあれば、くれぐれもお気を付け下さい。彼らもまた、この乱世を勝ち残ろうとする獣なのですから――」

そして今。

フラーニャとゼノヴィアの目の前に、ユアンと名乗った東レベティア教の人間が立っている。

（レベティア教と東レベティア教はお互いを認めていない……いえ、ハッキリ言えば敵対している。その宣教師が、このデルーニオにですって……？）

ゼノヴィアも東レベティア教についてはある程度把握している。大陸東部では本家より広く受け入れられている宗教だ。

だからこそこの状況の異様さを理解できる。ここは大陸の西側なのだ。どう考えてもユアンがおいそれと居て良い場所ではない。

「そう構えずとも大丈夫です」

ゼノヴィアの警戒心を見て取ったか、マレインが言った。

「この者は確かに東レベティア教の教えを受けていましたが、そこに疑問を感じ、レベティア教の正しき教えを知るためにこの地へ学びに来たという殊勝な人間です」

ユアンが継いで口を開く。

「恥ずかしながら、一つの教えにばかり傾倒した結果、思想の袋小路に陥ってしまいまして。同じような悩みを持った仲間たちと共に、蒙《もう》を啓《ひら》くためにあえて西側へ飛び込んだところ、マレイン様に拾って頂けた次第です」

若いながらも穏やかなユアンの語り口は、なるほど、宣教師として相応《ふさわ》しいだろう。市井《しせい》の者ならば思わず耳を傾けてしまう魅力がある。しかしこと政治の場において、彼のような人間に心を開くことがいかに危険か、ゼノヴィアは知っていた。

そんなことを考えていると、ふと従者らしき男が足早にマレインに近づいた。

「マレイン閣下、お耳に入れたいことが……」

「私が大事な賓客《ひんきゃく》をもてなしていることが見て解らんのか？」

「はっ、いえ、しかし緊急を要すると」

マレインは漏れそうになる舌打ちを口内で留め、フラーニャたちに言った。

「お二人とも、申し訳ありませんが少々席を外します。ユアン、くれぐれも失礼のないように」

「もちろんです。ありがとうございます、マレイン様」

立ち去るマレインを恭しく見送るユアンだったが、その後、彼は困ったようにはにかんだ。

「いやしかし、マレイン様にはああ言ったものの、お二人のような美しい女性のお相手を務めるとなると、いささか緊張しますね」

「そうなのですか？　女性の扱いはお手の物、というようにも見えますが」

「滅相もない。私は人と付き合うよりも教典を読み上げる方が安心するような人間ですよ。そんな私がお二人を楽しませるとなると……」

ユアンはしばし思案顔を見せた後、にっこりと笑った。

「ではお近づきの印に一つ、先ほどの疑問について私がお答えしましょう」

「疑問？」

「なぜこの式典に商人が多いのか、ですよ」

これにゼノヴィアがぴくりと反応する。確かにマレインが割って入るまで、そのことについてフラーニャと話し合っていた。

「女性の話を盗み聞きとは、感心しませんね」

「私も何度も注意しているのですが、育ちの悪い耳なもので。どうぞご容赦を」

ユアンがおどけたように肩をすくめたところで、それまで黙っていたフラーニャがおもむろに口を開いた。

「ユアン様、商人が多い理由とは？」

ユアンの眼がフラーニャへ向いた。好奇と値踏みが交じった視線が注がれるが、フラーニャは怯《ひる》むことなく彼を見つめる。両者の視線が絡《から》み合《あ》ったのは数秒にも満たない時間だったが、それだけで十分だったのか、ユアンは言った。

「答えは単純です、フラーニャ王女。商人らがこの式典開催のために出資しているからですよ」

「出資、ですか？」

ユアンは頷いた。

「場所を用意するのにも、人を招待するのにも、金はかかりますからね。しかし今のデルーニオには、それを自力でやる余裕があまりない。そこで、この式典を開催するにあたって、商人の力を広く借りたのです」

落ち目のデルーニオならばそれも致し方ないことだ。

しかしそうなると問題は、いかにして商人の財布の紐《ひも》を緩めたかになるが——

「ナトラやソルジェストと誼《よしみ》を通じられる、という誘い文句を用意したのですね？」

フラーニャの言葉に、ユアンは微笑みで応じた。

（なるほど……そういうこと）

二人の会話を聞いていたゼノヴィアは心の中で理解する。式典を開催して両国の代表を招待する大義名分こそあれど、資金のないデルーニオ王国。躍進著しい両国と繋がりを持ちたいものの、そのきっかけがない商人。両者の利害が一致したのがこの式典というわけだ。

そうして一人納得を得るゼノヴィアだったが——この時、フラーニャの思考はゼノヴィアのそれより一歩先んじていた。

「……ユアン様、もう一つ伺っても？」

「何なりと。フラーニャ王女の問いを遮《さえぎ》る門は、私の中にはございません」

そう、とフラーニャは一声応じて、

「デルーニオと商人を結びつけたのは、枢機卿である貴方ね？」

刹那《せつな》、ユアンの表情が固まった。

そしてその反応こそが、フラーニャの言葉が正鵠《せいこく》を射ていることを意味していた。

「……なぜそうお考えになったのです？　まして、突然枢機卿《すうききょう》などと」

「デルーニオ以外が式典に出資したのなら、最大の出資者を厚く遇するのは当然のことよ。なのにマレイン卿自らが私に紹介したのは貴方だけ。それなら、その人が一介の宣教師である方がおかしいわ」

フラーニャは答えた。

「東レベティア教の体制は、トップである教主の下に、十数人の枢機卿という幹部たちによって運営されていると聞くわ。西側に乗り込んだ東レベティア教の代表であり、デルーニオ王国へ働きかけるために大きな権限を許されている貴方がその一人と考えるのは、不自然なことではないでしょう？」

容赦のない淡々とした指摘に、ユアンは苦虫を噛《か》み潰したような顔になる。

「それとね、さっき貴方が宣教師と名乗った時、レベティア教の宣教師がデルーニオにいることに私は驚いたんじゃないの。貴方が商人だと思っていたから、驚いたの。――だって貴方の雰囲気、ミールタースの人たちにそっくりですもの」

そう言ってフラーニャは微笑んだ。それは皮肉や嘲《あざけ》りではなく、純粋に親しみのあるものを見たことへの喜びだった。

そんな少女の顔をジッと見つめて、やがてユアンは観念したように息を吐いた。

「……いやはや、北の果てには恐るべき竜がいるとは聞いていましたが、その妹御《いもうとご》がこれほどとなると、あながち噂に尾ひれがついただけではなさそうですね」

ユアンは続ける。

「ご明察です、フラーニャ王女。私は元々ミールタースの出身にして、教主より枢機卿の大任を賜った一人。そしてこの式典の仕掛け人でもあります」

「なぜ東レベティア教の貴方がそのようなことを？」

「それはもちろん、ここデルーニオ王国を橋頭堡《きょうとうほ》として、西側に東レベティア教の教えを広めるためですとも」

フラーニャの問いに、ユアンは明け透けに答えた。

「かねてより、我が東レベティア教は西への進出を計画していたのです。我々にとってレベティア教とは、神の教えを歪めて人民を惑わす悪逆の徒。奴《やつ》らの教えを大陸から駆逐することこそ我らの使命、とされていますから」

言外に自分にそこまでの熱量はないことを滲ませつつ、ユアンは続けた。

「そんな中、デルーニオ王国は前宰相が失脚してから勢いを失い、さらに昨年起きた大陸西部での飢饉《ききん》によって追い込まれていました。我々にとって、付け入る絶好の機会だったわけです」

レベティア教が広く受け入れられているデルーニオ王国にとって、東レベティア教は本来ならば手を組めるはずもない相手だ。

しかし、そうしなくてはいけないほどデルーニオは追い込まれていた。

（……ほぼお兄様が原因よねこれ）

なにせ前宰相シリジスを失脚させたのも、西側に飢饉を引き起こしたのも、概ねウェインである。その行いが回り回って、東レベティア教の西部進出を招いていたとは、さすがに本人も想像しなかっただろうが。

「それと、先ほどのフラーニャ王女の推理にあえて訂正をするのならば、デルーニオと商人を結びつけたのは確かに私ですが、同時に最大の出資者も東レベティア教です」

「ナトラとソルジェストの両国と繋がりを持てるのは、それだけの価値があると？」

「ええ。そしてどうやら、その判断は間違っていなかったようだ」

ユアンは踏み込むように言った。

「フラーニャ王女、よろしければこの後、ゆっくりお話ししませんか？」

「それは個人としてですか？　宣教師としてですか？」

「もちろん個人として」

そう口にしてから、おどけるようにユアンは肩をすくめた。

「と言いたいところですが、お隣のマーデン侯が怖い眼をしていますし、王女の兄君を怒らせかねないので、ここは宣教師として、ということにしましょう」

これにフラーニャは小さく笑った。最初の信徒然とした態度から、次第に軽薄さがにじみ出てきているが、それでも彼を不快とは思わなかった。商機を逃さないしたたかさと、それを卑下せず誇らしそうに掲げる様は、ミールタースに愛着を持つ彼女にとって好印象だ。

「お誘いは光栄ですが——」

言いながら、フラーニャは傍らのゼノヴィアに視線でどうするか問いかける。するとゼノヴィアは小さな目礼で応じた。警戒は必要だが判断は一任する、ということらしい。

「私でよろしいのですか？　お話の通りなら、もう一人ダンスパートナーの候補がいらっしゃるようですが」

フラーニャが横目を向けるのは、離れた場所で人に囲まれているトルチェイラだ。

式典の主役はナトラのフラーニャだけではない。ソルジェストの王女とて主賓であり、東レベティア教として繋がりを持っておきたい相手だろう。

「もちろんトルチェイラ王女も魅力的ではありますが、残念ながら我が身は一つのみ。そしてこれまでの実績を踏まえれば、フラーニャ王女の方が息は合うかと存じます」

東レベティア教として、ナトラを優先するということらしい。

確かに実績を見ればナトラは——実質ウェインは——散々レベティア教を虚仮《こけ》にしている。これに対して、ソルジェスト王国はガッツリとレベティア教の影響下だ。ナトラの方が手を組みやすいと考えるのは自然だろう。

ただし前述の通り、ナトラは東西の中立を気取りつつ、東寄りでいて、西側からは目障《めざわ》りだとしか思われないだろう。
が叩けない潜在敵と扱われている。ナトラと組んだところで、西側からは敵と敵が手を結んだとしか思われないだろう。

(レベティア教の牙城を崩したいなら、積極的にソルジェスト王国に干渉すると思うけれど……ナトラとデルーニオを足がかりに、長期的に進めるつもりなのかしら?)

両国を天秤《てんびん》にかけて片方を選ぶという意思表示は、想像よりもずっと重い。ここで彼がナトラを選べば、ソルジェストへの進出はより困難になるだろう。

それでもナトラを選んだのは、それだけ与しやすいと踏んだからか、あるいはその逆で、ソルジェストにすり寄っても利が無いと判断したからか——

(……これ以上考えても解らないわね)

とにかく解っていることは、東レベティア教がナトラに接近しようと目論《もくろ》んでいる、ということだ。ユアンの人柄は嫌いではないし、東レベティア教について興味もあるが、政治的な問題も絡むとなれば話は別。一度持ち帰って、シリジスと相談するのが吉だろう。

そうして、ここは受け流す方向で返事をしようとしたその時だ。

「……あら?」

会場の出入り口が騒がしい。見れば、従者らしき人たちが慌ただしく出入りしているようだ。

何かあったのだろうか。フラーニャたちが怪訝《けげん》な顔をしていると、そのうちの一人がこちらに駆け寄ってきた。それはゼノヴィアの従者だった。

「ゼノヴィア様！　マーデン領より、至急お耳に入れなくてはならない報告が……！」

「落ち着きなさい。ここは人目もあるのよ」

自制を促しつつも、ただならぬ事態であることを察したゼノヴィアは緊張を滲ませる。

「一体何があったの？」

問いに、

「政変です！」

従者は、叫ぶように答えた。


「ソルジェスト王国にて、王位の簒奪《さんだつ》が起こりました……！」


驚愕《きょうがく》が、さざ波のように広まった。

事態を咄嗟《とっさ》に飲み込めず、その場に居た全員が動きを止める。

しかしその中で、フラーニャだけは、それを見た。

視界の端で、同じ報せ《しら》を受けたであろうトルチェイラが、小さく笑っていたことに。

第三章　為政者《プレイヤー》

それは異様な光景だった。

食卓の上にズラリと並べられた、数十人分にはなろうかという料理の数々。

だというのに席に着いているのはただ一人。

まさか個人でこの量を平らげられるわけもないのだから、他の出席者たちはまだ席に着いていないのだろう。――と、常識ならば考えるところだが、しかしここでそんなものが当てはまらないことは、彼の輪郭《シルエット》を見れば一目瞭然だ。

巨漢。いや、そこに居たのは巨漢という範疇《はんちゅう》さえ越える、文字通りの肉の塊だ。もはや同じ人間と分類していいのかすら悩ましい圧倒的質量。人の形をした岩があれば、恐らくこのようになるだろうと思わせる、常軌を逸した存在。

ソルジェスト王国国王、グリュエール。

その肉塊は、そう呼ばれていた。

「ふうむ、やはり旬の果実の舌触りは心地よいな」

器に盛られた果実の山を鷲《わし》づかみ、無造作に口に放り込む。常人の手の平ほどある果実も、彼にかかれば少し大きめの飴玉《あめ》がごとくだ。

「どうした、そなたも好きに食べてよいのだぞ?」

グリュエールの視線が、食卓を挟んだ反対側へと向かう。

そこには一人の男——否《いな》、一人の男を筆頭として、武装した十数人の兵士たちがいた。そして彼らは一様に槍《やり》を構え、グリュエールへと突きつけている。

そう、異様な光景というのは、何もグリュエールのみを指したものではない。

国王たるグリュエールを兵士たちが取り囲むこの状況もまた、異様の一因であった。

「……くだらぬ時間稼ぎは無意味ですぞ、父上」

グリュエールと対峙《たいじ》する男が、忌々《いまいま》しげに応じる。

彼の名はカブラ。グリュエールの実の息子であり、すなわちソルジェスト王国の王子である。

「既に宮殿は私に従う兵で制圧しました。いくら待っても助けがやってくることはありませぬ」

カブラの言葉は、今の状況が伊達《だて》や酔狂ではないことを示している。

一国の王子が、自らの意志で、父親たる王に武器を向けているのだ。

だというのに、

「助けだと?」

グリュエールは意外そうに眼を瞬かせると、突然大笑いした。

「何を言うかと思えば! 我が息子よ、助けというのはな、自らの手で窮地を脱せぬ時に求めるものだぞ」

瞬間、グリュエールの声に、凄《すご》みが宿る。

「まさか、その程度の兵力で私を抑えつけられると思ったか？」

「……！」

グリュエールの発する圧力に、その場に居た全員が思わず怯《ひる》んだ。

強国ソルジェストを統べる、獣の王。無数の槍を向けられてなお、その威容は一切《いっさい》衰えることはない。

「……虚勢は結構！」

己《おのれ》を叱咤《しった》するかのようにカブラは声を張り上げた。

「父上には即刻王位を降りて頂く。そして私が次なる王として、この国を導きましょうぞ」

するとグリュエールは嘲《あざけ》るように言う。

「王位など、何事もなければそなたの手に転がり込んできたであろうに。それほど妹が恐ろしかったか、我が息子よ」

これにカブラは顔を歪《ゆが》める。

「トルチェイラの野心に気づいていなかった、とは言わせませぬぞ。あやつは間違いなく私に代わって、王位を得ようとしていた。そして父上も、知った上で好きにやらせていた。……なぜです、父上！　なにゆえ王太子たる私を蔑《ないがし》ろにして、トルチェイラを！」

「そなたが王太子という生まれに胡座《あぐら》をかいて怠けている間、トルチェイラは己を磨き、私が与える役目をこなすに相応《ふさわ》しい能力を得た。それだけのことよ」

「その結果、このソルジェスト王国に女王が誕生するとしてもですか⁉」

グリュエールは笑って頷《うなず》いた。

「そうなれば、さぞ面白《おもしろ》いことになるであろうな」

「面白いなど！　父上は国政をなんと心得る⁉」

「道楽よ」

グリュエールは断じた。

「国などというものはな、民を飢えさせなければ後は好きにしてよいのだ。食文化を発展させるのも、最強の軍事力を築くのも、神の教えに傾倒させるのも、全《すべ》ては為政者の趣味嗜好《しこう》にすぎん」

このあまりにも暴力的な主張に、カブラは呆気《あっけ》にとられたが、すぐに我に返った。

「……やはり、父上は王に相応しくないと言わざるをえませんな」

カブラが手で配下に合図する。縄を持った兵士たちが、グリュエールに歩み寄った。

「抵抗すれば命はありませぬ。父上とて、平穏な余生を送りたいでしょう」

「そのようなものに憧《あこが》れたことは一度とてないが……まあよかろう。理由はどうあれ、我が子の選択を尊重するのも親の務めだ」

兵士たちはグリュエールの巨体に悪戦苦闘しながら縄をかけていく。

それを横目にグリュエールは言った。

「我が息子よ、一つだけ忠告しておこう。そなたはトルチェイラの存在感が増すことで、自らの立場が脅かされることを恐れた。そして同様に女王の誕生に反感を持つ保守派を纏《まと》め上げ、トルチェイラが外遊した隙《すき》を狙《ねら》って謀反を起こした」

「……それが何か？」

「トルチェイラが、これを予測していなかったと思うか？」

父親の言葉にカブラは数秒思案したが、すぐに吐き捨てた。

「馬鹿《ばか》げてますな。予測できたのならば、外遊になど出るはずもない。もはやあやつは外国で孤立無援。ナトラの王太子でもあるまいに、ここからどうやって私を討《う》つと？」

カブラの主張は理に適《かな》っている。トルチェイラが国内にいれば、カブラの謀反に反発した勢力を纏め上げ、抵抗することもできよう。しかし外国にいる状況でそんなことができるはずもない。もちろんすぐに帰国してくるだろうが、その前に国内の片を付ければ良いのだ。

「……そうだな、そなたの言うとおり、ウェイン王子には及《およ》ばぬであろう」

グリュエールが言うと、カブラは鼻を鳴らした。

「ふん、どうやら最後に理解を得られたようですな。……連れて行け！」

グリュエールは縛られたまま神輿《みこし》に乗せられ、運ばれていく。

そして遠ざかるカブラを視界の端に捉《とら》えながら、グリュエールは呟《つぶや》いた。

「そう、あやつはウェイン王子ではない。だが、並び立とうとしている。そしてそれこそが、何よりも重要なのだがな――」

◆◇◆

ソルジェスト王国国王グリュエールが、王太子カブラによって王位を奪われたという衝撃的な報《しら》せは、すぐさま諸外国に伝わった。

そしてその中には当然ナトラも含まれており、報せを耳にしたウェインは開口一番、

「このクソ忙しい時に何やってんだあのデブがあああああ！」

と、執務室で盛大な悪態をぶちまけた。

「ニニム、一応確認しておくが、間違いってことは……!?」

「複数の情報筋から同じ内容の報告が上がってきてるわ。それにカブラ王子……いえ、カブラ王から公式にグリュエール前王が病気によって政務を執れなくなり、代わって自分が引き継いだって声明が発表されたから、間違いないでしょうね」

ウェインは頭を抱えた。

今後の同盟関係がどうなるとか、借用しているソルジェストの港は今後も使えるのかとか、

色々考えることはあるが、それらを横に置いてウェインは叫ぶ。

「カブラってのは王太子なんだろ⁉　なんで無理矢理玉座を奪ったりしたんだよ……！」

「定かではないけれど、元々グリュエール王とは溝があって、ここ最近はさらにトルチェイラ王女の躍進がプレッシャーになってたみたいね。それでこのままだと後継者の座を奪われかねないと考えたんでしょ」

ウェインはうめき声をあげた。

「やるか？　普通やるか？　女王なんてそうそう誕生しないのは、ちょっと考えれば解《わか》ることだろ⁉」

近い将来手に入るはずだった王冠に、自ら傷をつけたようなものだ。後世の歴史家からさぞ笑いものにされるだろう。

「そんな道理を忘れさせるほど、トルチェイラ王女が脅威だったのかしらね……ともあれ、グリュエール王は生きているそうだけど、離宮にて軟禁。カブラ王は自分の支持層の兵力を集めつつ、簒奪《さんだつ》に反発する勢力を潰《つぶ》してる最中みたい」

「……反抗勢力がひっくり返す見込みは？」

「可能性は低そうね。旗頭になりそうなトルチェイラ王女は丁度デルーニオに外遊中で纏まりを欠いているみたいだから。カブラ王もそれは解っているから、トルチェイラ王女が戻るまでに徹底的に反抗勢力を潰すでしょうし」

「変に燃え上がってこっちに飛び火するよりはマシと考えるか……」

呟いてから、ウェインは思案顔になる。

「しかしそうか、トルチェイラはデルーニオに居るんだったな」

デルーニオで開催されている式典に、トルチェイラが出席していることは、当然ウェインも知っている。その時は、グリュエール側も「同盟は尊重するがそれ以上進展させるつもりはない」という意思表示のためかと考えていたが——

「……」

「ウェイン、どうかした？」

「……ニニム、フラーニャからの連絡はまだ来てないんだったな？」

「ええ。こんな事態になった以上、遠からず向こうから連絡が来ると思うけれど……その前に、こちらから帰国の指示を出しておく？」

今回の騒動はあくまでソルジェストの問題。デルーニオ、ましてフラーニャとの関係は薄い。しかし隣国で政変が起きたとなれば、何かの拍子で危険に巻き込まれる可能性は十分にある。ナトラにいれば守ってもやれるが、外国となればさすがのウェインの手も届かないだろう。早めに帰国を促そうというニニムの提案は自然なものだが——

「いや、ここの判断はフラーニャに任せよう」

意外にも、ウェインはその提案に乗らなかった。

「良いの？」

「いくら俺《おれ》でも、ここから現地の様子は解らない。退くべきか残るべきかの判断材料は、俺よりフラーニャの方が多く得ているはずだ。そして方針を判断する能力も、今のフラーニャなら十分期待できるだろう」

それに、とウェインは続けた。

「今の俺たちが頭を悩ますべきは、東の方だからな」

「確かにその通りね……」

その時、執務室の扉が叩《たた》かれた。現れたのはナトラの官吏だ。

「殿下、失礼します。帝国の使者がお見えです」

「予定通りだな。通してくれ」

そうして現れたのは、一人の女性。

アースワルド帝国第二皇女ロウェルミナの腹心、フィシュ・ブランデルだ。

「本日はよろしくお願い致します、摂政殿下」

「ああ、それでは話し合いを始めるとしよう」

微笑《ほほえ》みを浮かべる二人の間には、早くも見えない火花が散っていた。

◆◇◆

皇帝が崩御して数年。

現在のアースワルド帝国は、大まかに三つの派閥に分かれている。

軍関係者の支持を基幹とした第二皇子バルドロッシュ派閥。

帝国に併呑《へいどん》された属州の支持を纏め上げる第三皇子マンフレッド派閥。

内乱の様相を呈する帝国を憂い、平和的解決を掲げる第二皇女ロウェルミナ派閥。

以前はここに保守層が中心の第一皇子派閥も含まれていたが、ロウェルミナとの政治闘争に敗れ、派閥の長であるディメトリオは今は辺境で隠居の日々を送っている。

そして残った三つの中で最大勢力となりつつあるのが、何を隠そう、ロウェルミナ派閥だ。

「以前ブランデル殿が来訪した時とは、随分と状況が様変わりしたものだな」

感心するウェインの言葉は、皮肉ではなく心からの声だ。

「その節はお世話になりました」

対面のフィシュはにこやかに応じる。

「前回はせっかく摂政殿下を帝都へ招待させて頂いたのに、不幸なすれ違いからそれが叶《かな》わず、誠に申し訳ありません」

昨年、ウェインはロウェルミナから帝都に招かれた。その際の調整役として外交使節としてナトラに送られたのが、今回と同じくフィシュだった。

しかし紆余曲折《うよきょくせつ》から、ウェインは第一皇子ディメトリオと行動を共にすることになり、結局帝都へ足を踏み入れることはなかった。帝国から招かれたのに、帝国の事情で帝都訪問が頓挫《とんざ》したことになっているのだから、なるほど、謝罪は道理である。

ただし、ウェインが帝都に辿《たど》り着けなかったのは実はロウェルミナの策謀であり、招待自体が罠《わな》だったことを思えば、白白しいとしか言いようがないが。

「なに、この世で予定通り進むことなど、太陽と星の運行ぐらいなものだ」

もちろんウェインはその辺りの裏事情を認識している。またロウェルミナ自身とも会っており、手打ちはすませた。終わったといえば終わった話ではあるが、

「とはいえ、あまり不幸が重なるようでは身動きも取りにくくなるが」

ちくりと釘《くぎ》を刺しておく。もちろん本心ではない。ちょっとした嫌味《いやみ》と牽制《けんせい》だ。

「無論、再発防止には全力で取り組ませて頂きます。今やナトラ王国と我がロウェルミナ皇女殿下は一蓮托生《いちれんたくしょう》の間柄ですので」

今回は騙《だま》し討ちするつもりはない、ということらしい。

(まあ言った通り、以前と状況は変わってるしな)

昨年までのナトラはロウェルミナ寄りではあったものの、状況によっては他の皇子たちに鞍《くら》替《が》えする道もあった。だからこそロウェルミナは罠を仕掛けたわけだが、今のナトラは完全にロウェルミナ派閥だ。

今更両皇子に接近したところで、追い返されるのが関の山。ゆえにナトラはロウェルミナにすり寄らざるを得ず、ゆえにロウェルミナはナトラを陥《おとしい》れる理由がない、というわけだ。

「……上手《うま》くやったものだな」

ウェインは小さく呟く。

負かした第一皇子派閥を取り込み、自派閥の強化に成功。時代の寵児《ちょうじ》と名高いウェインを自らの後ろ盾として周知。さらに先日には、険悪だった南国パトゥーラと交渉して友好条約を結び、為政者としての能力を証明している。

骨肉の争いを繰り広げ、挙げ句未《いま》だに決着をつけていない兄二人と比べれば、民衆がロウェルミナに期待を寄せるのも当然といえた。

「だが、だからこそ皇子たちも動かざるをえない」

ウェインの言葉に、対面に座るフィシュは頷いた。

「その結果が、今回勃発しそうになっている両派閥の衝突です」

場所は大陸南東部。バルドロッシュ領とマンフレッド領から西にある地帯。その地において、両皇子の大規模な軍事衝突が現実味を帯びてきているという。

「本来ならば、両皇子は真っ先に皇女派閥を潰したいところだろうがな」

人気も実績も能力もある彼女の存在は、両皇子にとって厄介な脅威だ。排除できるなら今すぐしたいというのが本音だろう。

しかしできない。国民人気が高まっている彼女を討てば、国民や残る派閥からバッシングされるからだ。ギリギリの勢力争いをしている兄弟にとって、その瑕疵《かし》は決して軽くない。

少なくとも、ロウェルミナ皇女を倒すには、一対一の状況になる必要がある。それが両派閥首脳陣の結論だろう。勢いこそあれど軍事的には弱いロウェルミナ派閥は、正面からぶつかれば倒すことは可能、という認識もその結論を後押ししているはずだ。そういったポジショニングも含めて、ロウェルミナは「上手い」のである。

「ロウェルミナ皇女殿下におかれましては、この軍事衝突による市井《しせい》への被害を憂慮し、早期に解消することを望まれております。摂政殿下には是非ともご協力をお願いしたく」

「……ふ」

「殿下？」

不意に笑みを浮かべたウェインに、フィシュは小首を傾《かし》げる。

そんな彼女にウェインは言った。

「いやなに、前回も似たような言葉を聞いたと思ってな」

「うっ」

前回。すなわちロウェルミナが罠を仕掛けた時のことである。

ばつが悪そうなフィシュにウェインは笑ったまま言った。

「ああいや、勘違いしないでくれ。ロウェルミナ皇女が変わりなく善良で慈愛溢《あふ》れる御方《おかた》であ

るというのは、喜ばしいことなのだから」

なあ、とウェインは傍《かたわ》らのニニムに視線を送る。

すると彼女は小さく肩をすくめた。

(皮肉がお上手)

(いやいや、本心だよ)

ロウェルミナが帝国を愛する気持ちは本物だ。帝国の未来を憂慮しているのも偽りではないだろう。その姿勢にはウェインも敬意を持っているし、今のナトラはロウェルミナ派閥が沈んでもらっては困るので、手を貸すのも吝《やぶさ》かではない。

「しかし、だ」

ウェインは続けた。

「派閥争いという点でみれば、両皇子たちが潰しあうのはロウェルミナ皇女にとって願ってもないことのはずだ。放っておくのが有益では?」

道徳や仁義を無視して考えれば、ウェインの意見は合理的である。ライバル同士が戦っている中、わざわざ横から手を出す必要はない。まして場所は帝国首都の遙《はる》か西なのだから、ロウェルミナが戦火に巻き込まれる可能性は皆無だ。

そしてそのことは、ロウェルミナも理解しているだろう。彼女は帝国を愛しているが、愛だけで理想に至れないことも承知している人間である。

「恐れながら摂政殿下」

そんなウェインの言葉を、しかしフィシュはやんわりと否定した。

「ここで皇子たちの蛮行を許すようでは、皇女殿下は皇帝を目指すなどという大望を抱くことはなかったでしょう。――民草もまた、それを皇女殿下に期待しているはずです」

「……なるほど、確かにその通りだ」

帝国を愛する儚《はかな》くも美しい皇女。

実態はどうあれ、ロウェルミナはその看板で自らを売り出した。

ここで兄二人の争いを傍観するようでは、看板との間にギャップが生まれる。そうなれば、彼女の支持層が揺らぎかねない、というわけである。

（あるいは、マンフレッド辺りはそれを狙った可能性もあるか）

表立って殴りにくいロウェルミナ派閥。しかし放置していては増長を許すばかりだ。そこでロウェルミナが横やりを入れざるをえない状況を作り出し、力を消費させる――そんな計画が裏で動いていてもおかしくはない。

（だからこそ早期解決なわけだ）

うかうかしていては、西側諸国の干渉すら招きかねない。特に両派閥が衝突をくり返している地域は、西側諸国のファルカッソ王国と程近い。あの国はあの国でゴタついているとは聞くが、隙を見せれば嚙《か》みついてくる可能性もあるだろう。

泥沼に引きずり込みたい皇子たちと、素早く解決して名声を掠《かす》め取りたい皇女。綱引きは既に始まっている。

「……ロウェルミナ皇女の高い志には敬服するばかりだ」

ウェインは言った。

「友好国として、協力は惜しむまい。しかし、具体的な道筋はあるのか？」

「それについては、皇女殿下より預かって参りました。こちらをご覧下さい」

フィシュは書簡を差し出し、それはニニムを経由してウェインの手に収まる。

「……」

書簡に眼を通していくうちに、ウェインの顔に苦笑が浮かんだ。

「この計画の立案は、ロウェルミナ皇女が？」

「もちろんです。お気に召しませんでしたか？」

「いや……むしろ、実に皇女らしいと思ってな」

この計画が上手く行けば、状況は解決するだろう。それもロウェルミナが一切損をしない形でだ。もちろん失敗すれば痛手を被るだろうが、それでも賭《か》けるに値する計画だ。

「皇女の外交手腕が要だが、筋は通っている。我が国に求めている協力も現実的に応じられる範囲だろう」

「それでは」

「いくつか詰める余地はあるが、概《おおむ》ねこの内容で協議を進めよう」

フィシュの顔に喜びと安堵《あんど》が広がった。

ロウェルミナのお手並み拝見だな、と思いながら、ウェインは細かい部分の話し合いを続けようとして──その時、部屋の扉がノックされた。

ウェインとニニムは一瞬顔を見合わせる。追加の来客予定はない。何かあったのかと、ニニムが扉を開くと、そこには官吏が立っていた。

「お忙しいところ申し訳ありません。これが今し方……」

「これは……なるほど、解りました。私が殿下にお渡しします」

一礼する官吏を横目に、ニニムはウェインの傍に戻る。

その手には一通の書簡が握られていた。

「ニニム、それは？」

「はっ。フラーニャ殿下からの書簡のようです」

ウェインの眉《まゆ》が一瞬跳ねた。

ソルジェスト王国で起きた騒動で、デルーニオは、そしてフラーニャ率いる使節団はどうしているか、一刻も早く確認すべき情報だ。

「摂政殿下、私は席を外しましょうか？」

フィシュが気を遣ってそう口にする。彼女としても、外遊に出ている王女からの書簡の内容に興味はあるが、ここでウェインの不興を買って纏まりかけた話をご破算にするわけにはいかない。

「いや、眼を通すだけならすぐに終わる。少し待て」

そう言われては二の句を継ぐ余地はない。フィシュは浮かしかけた腰を再び下ろした。

そんな彼女を横目に、ウェインは書簡に眼を通す。

書簡の内容は、フラーニャが現地で見聞きした内容を簡素に、しかし要点はしっかりと押さえたものだった。その上で末尾には、デルーニオ王国の反応を確認するまでは現地に残る、という方針が記されている。

その点だけ取って見ても、フラーニャの成長ぶりが窺《うかが》えるが——この時、ウェインの思考回路は、書簡から感じ取った別の物事に全力を割いていた。

（トルチェイラ王女……東レベティア教……デルーニオ王国……）

軽く俯《うつむ》いて黙り込むウェイン。その行為が、脳内で情報を反芻《はんすう》し、再構築するためのものだと知るのは、傍らに立つニニムのみ。

「摂政殿下……？」

フィシュの横顔に戸惑いが滲《にじ》む。

するとウェインは不意に顔を上げた。

「ブランデル殿、先ほどの話の続きだが」

「え、あ、はい」

驚きつつ頷くフィシュに、ウェインは言った。

「そちらの提示した内容を概ね受け入れる、という前言を撤回するつもりはない。だが一つ、協力するために条件を加えてもらいたい」

「それは……内容にもよりますが」

フィシュは警戒心を露《あら》わにする。どう考えてもろくなことではない。

そんな彼女にウェインは笑って、

「なに、大したことではない。……遠方で頑張っている妹に、兄として、少しばかりの手助けをするだけのことさ」

◆◇◆

デルーニオの王宮は、蜂の巣をつついたような騒ぎとなっていた。

ナトラ、ソルジェスト、デルーニオの三カ国同盟を祝う式典の真っ只中《ただなか》で、そのうちの一カ国に政変が起きてしまったのだから、無理からぬことである。

式典は中止され、デルーニオ王国の首脳陣は寝る間も惜しんで議論に徹した。

「ソルジェスト王国から通達は⁉」

「同盟が破綻すれば防衛戦略を考え直す必要もあるぞ！」

「使節を派遣してカブラ王と接触しろ！　並行して密偵を送り込むことも怠るな！」

「式典はどうする？　招待客の多くはまだ城下に逗留《とうりゅう》しているぞ」

喧々囂々《けんけんごうごう》と続く議論。突然の事態に誰《だれ》もが浮き足立っている。

「……」

そんな彼らを、置物のようになって眺めるのはラウレンス王だ。

議論の場に居るだけで、彼は一声も発することはない。家臣たちを信頼して任せている――のではないことは、苛立《いらだ》ちを滲ませる横顔から察せられた。

しかし、そんな王の様子に気づきながらも、家臣たちは顧みようとしない。話を振ったところで時間の無駄であると考えているからだ。

王と家臣の間に信頼や敬意が存在しない歪《いびつ》な光景。これこそが今のデルーニオの実態だった。

「……陛下」

そんな中、唯一ラウレンス王に話しかける者がいる。

宰相のマレインだ。

「一つ、ご裁可頂きたいことがございます」

慇懃《いんぎん》な申し出ながらも、有無を言わせぬ語調に、ラウレンスは息を呑《の》む。

「な、なにをするつもりだ……？」

拒否することなどできない。今のデルーニオの支配者は自分ではなくマレインだ。そのことを自覚しながらも、それでも精一杯の抵抗として問いかけると、マレインは口端を釣り上げた。

「無論——この好機を利用するのです」

◆◇◆

「……どうにも、風向きが良くない感じだな」

東レベティア教宣教師のユアンは、宮殿の一室で悩ましげに唸《うな》っていた。

「確かに式典が中断されたのは痛手でしたね。あれほど資金を費やしたのに……」

応じるのは共にこの国で活動している修道士だが、ユアンは頭を振る。

「そうじゃない。金を積み上げて起こせた出来事は、同じように金を積み上げれば再現できる。式典を開催したければ、時期を見てもう一度マレイン卿《きょう》に話を持ちかければいいだけだ」

「では、何を懸念《けねん》されておいでで？」

「……」

ユアンは答えなかった。

彼自身、感じている嫌な予感の言語化ができていない。だが、この手の予感を無視すると、大体ろくなことにならないと知っている。商人だった頃の経験則だ。

（ここまでは上手く行っていたのだがな……）

東レベティア教にとって大陸の西側、というよりも、レベティア教を制することは悲願だ。

だからこそデルーニオ王国の宰相マレインに接近した。

デルーニオの失墜。大陸西部に蔓延《まんえん》した飢饉《ききん》。前宰相を否定し、別路線を打ち出したいマレイン。何もかもが最高のタイミングでかみ合い、東レベティア教はデルーニオに入り込むことができた。

（しかし、私たちは所詮《しょせん》よそ者。金の力でこの国に居場所を作っているにすぎない）

一つ躓《つまず》けば瞬く間に崩れ去る砂の城。

それゆえに、次なる手として式典を開くようマレインに働きかけた。ナトラとソルジェストにツテを作るためだ。

ナトラ、ソルジェスト、デルーニオの三カ国同盟は、西側諸国の連帯とはまた別の繋《つな》がりであり、その枠組みの中でなら、東レベティア教を広められるのでは、という狙いである。

（そしていざ話してみて、フラーニャ王女側の感触は悪くなかった）

もちろんあくまで王女から好感を得られたというだけだ。政治の主導権を握るのは兄のウェイン王子であり、ナトラで版図を広げたければ、王子と話し合う必要があるだろう。

しかし、今のナトラは急速に成長しているおかげで、人材や物資はいくらあっても困ることはないはずだ。そういった不足をこちらから供出することで、良好な関係を築くことは不可能ではないとユアンは見る。

(と、思っていたところでソルジェストの騒動とはな)

ナトラもデルーニオも当面の間ソルジェストの様子を注視し、東レベティア教についてはそれどころではないという扱いになるだろう。見事に水を差されてしまった形だ。

(だが、ソルジェストの今後によっては、我らが付け入る隙が生まれる可能性はある)

ソルジェストのグリュエール王は選聖侯の一人だ。その膝元《ひざもと》で東レベティア教が拡大しようというのは至難の業だろう。

その王が、息子のカブラによって引きずり下ろされた。

カブラは選聖侯を引き継ぐだろうか。恐らく引き継ごうとはするだろう。しかし他の選聖侯が簒奪者たる彼を認めるかは解らない。もしも認められなければ、さらにその時点でデルーニオやナトラに東レベティア教が広まっていれば、同じ同盟の繋がりで、ソルジェストも東レベティア教を受け入れる――というのは、さすがに期待が過ぎるか。

(だが、何にしても早期にカブラ王に接触するべきだな)

頭の中で必要な資金を計算しながらユアンは並行して考える。

(トルチェイラ王女がカブラ王に繋いでくれれば話は楽だが、政治的に反目していると聞くから難しいだろう)

そこまで考えて、ふとユアンは思い出す。

それは式典が中断される前のこと。

ユアンはフラーニャの前にトルチェイラに話しかけていた。

難攻不落であろうとも、足がかりの一つでも得られるかと考えての試みだったが、結局ろくに相手にされずに失敗に終わる。

とはいえ予想されていたことだ。それだけならば気にすることはないのだが、

(あれは、何だったのだろうな)

興味が無いと、すげなく話を切り上げるトルチェイラ。

しかし彼女の前を辞す際に、垣間《かいま》見えたその瞳《ひとみ》。

それはまるで、獲物を見据える獣のようであった。

◆◇◆

「……これからどうしようかしら」

ソルジェスト王国の騒乱によって、あらゆる勢力が予定の修正を余儀なくされている中、フラーニャ陣営もまた今後について検討《けんとう》を迫られていた。

「デルーニオの出方を確認するまでは残るって、お兄様にお手紙を送っちゃったけれど……今のところ向こうからアクションが無いのよね」

今後の方針について話し合いたいので国内に留《とど》まってほしい、とは言われている。こちらとしても話し合うことに異論はないのだが、そこから状況が動いていないのだ。

恐らく向こうも議論が紛糾していて話が纏まっていないのだろうが、このままジッと待つだけでは何も得られず、現地に残った意味がない。

「シリジス、貴方《あなた》の意見は？」

フラーニャはついと視線を横へ向ける。

今や参謀役として信頼を置きつつある家臣は、しかしその時、明らかに集中を欠いていた。

「シリジス？」

重ねて呼びかけることで、シリジスはハッと我に返った。

「――失礼いたしました。少し、考え事を」

「何か気がかりでもあるの？」

「はっ、いえ……」

シリジスは僅《わず》かな逡巡《しゅんじゅん》を滲ませた後、答えた。

「東レベティア教をデルーニオが受け入れた、という話が少々……」

「デルーニオ王国にレベティア教を広める政策を取ったのは、そういえば貴方だったわね」

「はい。そしてそれは必要なことであったと今でも確信しております」

大陸中央部に近いデルーニオ王国。危険な国と多く隣接しているこの小国にとって、自らを守るにはレベティア教に臣従する他なかった。

「けれど、マレイン卿は東レベティア教と手を組んだわけね」

「……新政権が合理性ではなく感情面、あるいは世間体から旧政権の方針を否定し、反対の方向へ突き進むというのは珍しくありません」

多くの場合、為政者は自ら権力を返上することはない。ならばその力が失われるのは、世代交代の時か失政した時に二分される。そして後者においては、交代した人間が既存の政策と別路線を取ることで、自分は失敗した前任者とは違うという解りやすいパフォーマンスを取ることができるのだ。

ならば、国を追われたシリジスに代わって宰相になったマレインが、全く別の政治方針を取るというのは、なるほど確かに自然な流れだが――

「それを踏まえても、デルーニオが東レベティア教と手を組むのはあまりにも危うい……」

懊悩《おうのう》を滲ませながらシリジスは呟いた。

東レベティア教に接近するということは、レベティア教から距離を取るということ。

デルーニオ王国の地理的な問題が解決されないままそれを行うことは、自ら断崖に歩いて行くも同然である、とシリジスは考える。

「それなら……そうよ、だからこそ三カ国同盟を堅固にしようと試みたのかもしれないわ」

フラーニャは気遣うように口にするが、確かに彼女の意見には筋が通っていた。

盾にしてきたレベティア教と距離を取れば、別の盾が必要だ。

その役割を、デルーニオ王国は三カ国同盟に期待した。デルーニオが攻撃されれば、残り二カ国が反撃する。だからデルーニオには手を出せない、という構図に持ち込むために。

「そう……かもしれませんな」

小さく頷いてから、シリジスは言った。

「……申し訳ありません。私は今はナトラの臣だというのに」

フラーニャは頭を横に振る。

「生まれた国のことですもの。気になるのは仕方ないわ」

するとシリジスは力なく笑った。

「私自身も驚いているのです。宰相であった頃は、国の未来を考えながらも、ここまで入れ込んではいなかったと思います。ですが一度追放され、こうして生まれ故郷に戻ってみると……」

シリジスはどこか遠い目をする。

その横顔を見つめるフラーニャは、少し躊躇《ためら》った後、口を開いて、

「ねえシリジス、貴方――」

「おい」

突如《とつじょ》として割って入った声に、二人はギョッとして振り向いた。

そこには、物陰からにじみ出るように現れたナナキの姿があった。

「な、ナナキ、部屋に入るときはノックを」

「緊急だ」

フラーニャの抗議を受け流し、ナナキは言う。

「状況が変わった。残るか離脱するか、もう一度考える必要がある」

「……何があったの？」

ただならぬ様子にフラーニャが問いかけると、

「戦いだ」

少年の赤い瞳が妖《あや》しく揺れた。

「デルーニオの連中が、ソルジェストに戦争を仕掛けようと動いてる」

第四章　反撃の意思

人気の無い路地を、外套《がいとう》を被った数人の男たちが歩いていく。

先頭を行くのは何を隠そう、デルーニオ王国宰相のマレインだ。

その顔は張り詰め、足取りからも剣呑《けんのん》な雰囲気が伝わってくる。そんな気配を振りまく一行がやがて辿《たど》り着いたのは、廃屋もかくやというような建物の前だった。

「閣下、中に人の気配が」

背後から追従している男の一人がそう囁《ささや》く。

マレインは小さく鼻を鳴らすと、そのまま建物の扉を開いた。

「……まさか、貴方《あなた》に呼び出されるとは思いませんでしたよ」

かび臭い家屋の中に浮かぶ、一つの人影。

それに向かってマレインは言った。

「今更私に何か御用でしょうか。――シリジス様」

元デルーニオ王国宰相、シリジス。

今はナトラの家臣である彼が、そこに居た。

◆◇◆

「馬鹿《ばか》な！　ソルジェストと戦争だと⁉」

ナナキの報告を聞いたシリジスは、フラーニャが傍《そば》に居ることも忘れて声を荒らげた。

「何かの間違いではないのか⁉」

「複数の方面で探りを入れた。どれもソルジェストへの軍事行動の準備で一致してる」

ナナキは淡々と続ける。

「それと、この屋敷周辺の兵士が増えてる。フラーニャへの監視と、場合によっては動きの制限をしてくるつもりだろう。今なら突破できるが、さらに分厚くなれば難しいな」

「っ……」

事態が急速に逼迫《ひっぱく》しつつある。

そのことを感じながら、しかしフラーニャは慌てなかった。より正確には、慌てそうになる心を抑えつけて、大きく深呼吸した。

慌てふためいたところで、何も進展することはない。まして自分は兄の代わりにここに居るのだ。醜態を晒《さら》すことなく、冷静にならなければ。

「シリジス、何が起きているか、どうしてこうなったのか、貴方には解《わか》る？」

染《し》み入《い》るような落ち着いた声に、焦燥を露《あら》わにしていたシリジスは我に返る。

「はっ……恐らく、いえ、間違いなく、デルーニオはトルチェイラ王女を担《かつ》ぎ上げるつもりでしょう」

「トルチェイラ王女を？」

シリジスは頷《うなず》いた。

「ソルジェスト王国のカブラ王子は、正当な手続きを踏まずに王位を奪いました。いかに公式で病気と宣言しても、人の口に戸は立てられませぬ。簒奪《さんだつ》の事実は程なくして国中に知れ渡りましょう。そしてグリュエール王は国民に広く人気の王でありました。となれば……」

「民からの反発は必至。そこにトルチェイラ王女が自分こそ正当な王位継承者として戻ってくれば、多くの支持が集まるってことね」

「はい。しかしいかに支持があろうとも、武力が背景になくては王位には就けませぬ。それゆえカブラ王子はトルチェイラ王女が戻ってくる前に、彼女に協力しそうな有力者を排除しているはずですが……」

「その武力を、デルーニオ王国が担保する……そういうことね」

これにより国内に限定されていた騒乱は、外国も巻き込んだ闘争へと様変わりする。ソルジェスト王国保守層を味方につけたカブラ王子と、デルーニオ王国の軍事力を味方につけたトルチェイラ王女。果たしてどちらが勝つかの戦いだ。

「……この件でトルチェイラ王女に協力して、デルーニオにどういう利益《りえき》が？」

「そこは両者の協議で決まることですので、推測でしかありませんが、単純に考えれば平定後のソルジェスト王国の土地、人、物。長期的に視野に立てば……ソルジェスト王国そのもの」

「そのものって、どうやって？」

「婚姻です。女王として即位したトルチェイラ王女がラウレンス王と結ばれれば、その御子《みこ》は両国の王位を継承できる立場。次代にて両国を一つの国に纏《まと》めることも夢ではないでしょう」

落ちぶれたと囁かれていたデルーニオ王国が、一転して強大な国へ。もちろんそれは数十年後の話になるだろうが、そうなった場合、ナトラにとって脅威になることは間違いない。

（……でも）

フラーニャは思う。

シリジスの語る推測に異論は無かった。

彼の語ったような思惑が動いた結果が現状なのだと納得できる。

しかしそれと同時に、どうにも違和感を覚えたのだ。

（……多分、ううん、間違いなくこの状況はトルチェイラ王女が意図してる）

王位を得るために王子を暴走させ、それを討《う》つ。なるほど、あの王女ならやりそうだ。

（だけど、そのためにわざわざデルーニオを使うかしら……？）

フラーニャはトルチェイラが苦手だが、同時に彼女の能力については認めている。それだけに、彼女ならデルーニオを利用せずとも国内だけで片付けられたのではないか、と思うのだ。

確かにデルーニオを巻き込んだのは凄《すさ》まじい手腕だ。しかしその結果、デルーニオに少なくない利益を分け与えることにもなっている。トルチェイラ王女は、それをよしとするような性格ではないような――

「フラーニャ殿下、ナトラへ帰国いたしましょう」

シリジスの声で、物思いに耽《ふけ》っていたフラーニャの意識は引き戻された。

「え、き、帰国？」

「はい。両国の戦争となれば御身《おんみ》が危険なのは言うまでもありませんが、同時にナトラの立ち位置が両国にとって極《きわ》めて重要になります」

「それは……あっ」

フラーニャは気づきを得る。

「ナトラがどちらの味方になるか……そういうことね？」

シリジスは頷いた。

「戦いはソルジェスト対デルーニオという図式になりました。三カ国同盟のうち二国が争うわけです。となれば残り一国、ナトラがどちらに付くか両国にとって重要になります」

「そして私がここに居たままだと、お兄様はソルジェストの味方になれない……私が実質的に人質になってしまうから」

もちろんフラーニャの件が無かったとしても、ナトラがソルジェスト側につくかどうかは解らないが、大事なのは両国を天秤《てんびん》にかけられる立場にナトラを置けるかどうかだ。

「……もう少しこの地で何かできるかと思ったけれど、仕方ないわね」

兄の役に立つどころか、足を引っ張るようでは留《とど》まる理由はない。

惜しむ気持ちを封じ込めながらフラーニャは言った。

「シリジス、帰国の支度《したく》を」

指示を受けてシリジスは深く一礼すると、踵《きびす》を返す。

しかし部屋を辞そうとした刹那《せつな》、

「シリジス」

そのフラーニャの声は、まるで胸中で抱える迷いを見透かしたかのように、

「くれぐれも迅速にね?」

「……は」

返事をした後、シリジスは部屋を辞した。

(……申し訳ありません、フラーニャ殿下)

シリジスは帰国の支度を手配しながら、思った。

(呼び出すための符丁《ふちょう》はまだ使えるはずだ。問いたださねば……マレインに、一体どういうつもりなのかを)

そうして決意を胸に秘めながら、シリジスはひっそりと館から姿を消した。

◆◇◆

「私もそれほど暇ではないものでしてね」

マレインは椅子にも着かず、横柄に言った。

「早く用事を仰《おっしゃ》って頂きたい」

その態度は、かつての上司であるシリジスを敬おうという気持ちが微塵《みじん》も存在しないことを示している。とはいえそこに怒りを感じることはなかった。マレインの性格を思えば予測できたことであり、何より今はそれどころではない。

「……なぜ東レベティア教と手を組んだ」

「おや、そちらの方ですか。てっきり今行っている戦争準備についてかと」

「それもある。だが何よりも東レベティア教だ」

マレインはつまらなそうに答えた。

「無論、金ですよ。東レベティア教を受け入れるにあたって提示された様々な援助は、今の我が国にとって必要なものでした。デルーニオはそれほど窮していたのです」

マレインは侮蔑《ぶべつ》の視線をシリジスに向ける。

「それもこれも、貴方の失策によってね」

「……っ！」

デルーニオ王国の凋落《ちょうらく》に、シリジスが関《かか》わっているのは紛《まぎ》れもない事実だ。マレインがその尻拭《しりぬぐ》いをしているという側面も確かにあるだろう。

国外追放という処分によって責任を取ったとしても、シリジスが失政した事実が消えてなくなるわけではない。

「……私がウェイン王子に敗北したことが、全《すべ》ての原因であることは認めよう。批判も罵倒《ばとう》も甘んじて受け入れる。しかし、その挽回《ばんかい》のために東レベティア教と組むとはどういうことだ。レベティア教という権威の傘から出て、どうしてデルーニオが成り立てる……!?」

「感傷ですよ、シリジス様。レベティア教が我らに何をしてくれたというのです？　貴方がレベティア教にもたらした多くの優遇政策は、奴《やつ》らを増長させただけにすぎません」

マレインは吐き捨てる。

「有事の際に守ってくれるなど幻想にすぎない。奴らからすればこの国など、いつでも捨てられる都合の良い家畜小屋です。ご自身も痛感したでしょう。あれほどレベティア教に尽くしておきながら、いざウェイン王子に負けた時、奴らは貴方を手助けするどころか、足蹴《あしげ》にして追い立てた」

「それは信仰する個人の問題だ。宗教としてのレベティア教が清廉であり、人々の指針になりえるものであることは疑いない。そして唾棄《だき》すべき個人がいても、多くの信徒は善良であり、彼らはデルーニオの窮地に必ずや声をあげてくれる」

「それこそが感傷だというのですよ」

シリジスの反論をすげなく打ち払い、マレインは言った。

「そんな幻想に頼るよりも、三カ国同盟を重視した方がよほど利益がある。……まあ、その同盟も終わりそうですが」

重大事を軽々しく口にするマレインに、シリジスは歯嚙《はが》みした。

「……本当に攻め入るつもりか、ソルジェスト王国に」

「ええ。このような絶好の機会逃す手はありません。トルチェイラ王女を担いで、精々食い荒らさせてもらいますよ」

「解っているのか？　ソルジェストは選聖侯のいる国だぞ。そこに攻め入るなど」

「その選聖侯は他ならぬ王子の手で玉座を降ろされた。何を恐れる必要があるのか、まるで理解できませんね」

そう言うと、不意にマレインは片手を挙げた。

すると黙って控えていた数人の従者たちが、シリジスの前に出た。

威圧感に思わず一歩下がったシリジスだが、狭い家屋だ。すぐに背中が壁に当たる。

「ですが、私も懸念《けねん》がないわけではない。特にナトラの動きについてはね」

「マレイン、貴様……！」

「落ちぶれた貴方を拾い上げるほどお優しいフラーニャ王女だ。貴方が動けないとなれば、ここに留まってくれることでしょう。──殺すなよ」

従者たちが頷くと同時に、その拳《こぶし》がシリジスに向かって振るわれた。

「ガッ……⁉」

家屋の中に重い殴打の音が響く。それは一度で終わらない。立て続けに、屈強な兵士たちの容赦ない暴力がシリジスに降《ふ》り注《そそ》いだ。

「貴方に呼び出された時、何を言ってくるのかと少し期待していましたが……失望しましたよ」

かつての上司が殴られ、蹴《け》られ、口や鼻から血を流す様を眺めながら、マレインは言った。

「政敵を迷わず蹴り落とし、権益を独り占めせんとする、ドブネズミのような貴方の生き様には、少なからず影響を受けたのですがね。だというのに東レベティア教がどうたらと……散々ラウレンスを傀儡《かいらい》にして好き放題してきた貴方から、そんな言葉が出てくるとは」

暴力に耐えかね、シリジスが咳《せ》き込《こ》みながら床に倒れる。

マレインはそこに歩み寄ると、迷わずシリジスの頭を足蹴にした。

「笑わせるなよ、クズが。今更愛国者気取りか？」

「ま、マレイン……」

「貴方には随分と世話になった。面白《おもしろ》いことを言うようなら、この場で殺してやろうと思っていたが……もはやその価値もない！」

マレインの渾身《こんしん》の蹴りがシリジスの顔面を蹴り上げる。

シリジスは短い悲鳴をあげると、小動物のように体を丸めて蹲《うずくま》った。

その様を見て満足したのか、マレインは笑みを浮かべると踵を返した。

「戻るぞ。時間の無駄だった」

マレインは踵を返すと、振り向くことなく家屋を出て行った。

「う、ぐ……」

狭い家屋の中で、シリジスの咳と荒い呼吸が響く。

血と涙でぼやけた視界。呼吸をする度に体が痛み、目元を拭《ぬぐ》う力すら湧《わ》いてこない。

（これも、報いか……）

マレインに対して、最後まで怒りが湧いてくることはなかった。それだけのことを自分はしたのだと、諦観じみた思いが胸中を占めていた。

いっそここで朽ち果てるのが相応《ふさわ》しいのではないかと、痛みに焼け付く脳がそんなことを考えた時、傍らに、死神の足を見た。

「……ナナキ殿」

いつから居たのか、などという疑問を持つことは、この少年相手には無意味だろう。

一切《いっさい》の音を立てることなく、当たり前のようにナナキはそこに立っていた。

「私を、殺しにきたのか」

シリジスは乱れた呼吸の合間で言葉を紡《つむ》ぐ。たとえそうだとしても、驚きはしない。この緊急事態に人知れずデルーニオの宰相と密会していたのだ。疑われない方がおかしいだろう。

「裏切りを確認したら、そうするつもりだった」

ナナキの声に感情はない。そのつもりなら、枯れ木の枝を手折《たお》るよりも簡単に、ナイフをシリジスの身に突き立てるだろう。

「だが、今回はお前が馬鹿な真似《まね》をしただけだな」

「……馬鹿な真似、か」

「危険だと知っているのに、わざわざ一人で会いに行って、案の定痛めつけられた。これが賢者のすることだと思うのか？」

「ふっ、ふふ……そうだな、その通りだ……ぐ、く」

なぜこんなことをしたのか、自分でも解らない。マレインと密会をしたところで、事態を収束できるわけもないのは明白だ。しかしそれでも、何もせずにはいられなかった。

そして何はどうあれ、自分の行動の結果がこれなのだから、自分にはこの始末をつける義務がある。

「……ナナキ殿」

シリジスは笑いと、それによって生じた痛みで顔を引きつらせながら、言う。

「私を殺してはくれまいか」

ナナキは揺らぐことなく問い返す。

「理由は？」

「正直に言うと……ゴホ……こうして喋《しゃべ》るだけでも気を失いそうなほどでな」

シリジスの言葉が嘘《うそ》ではないことは、ナナキは解っていた。先ほどから顔色は悪くなる一方で、額からは脂汗が滲み続けている。相当な苦痛が今、彼を苛《さいな》んでいることだろう。

「恐らく、骨もいくつか折れているだろう。そうして私が動けそうもないとなれば、マレインの思惑通り、フラーニャ殿下の足枷《あしかせ》になりかねん。……しかし、自害するほどの勇気を持ちあわせてはおらん」

ゆえに始末をつけてくれ、と。

そう嘆願するシリジスに、ナナキは答えた。

「駄目だ」

ばっさりと切り捨てた上で続ける。

「裏切り者は殺す。だが、裏切っていない同僚を、フラーニャの許可無く殺すことはしない。どうしてもと言うのなら……」

「言うのなら？」

「フラーニャに、クビを言い渡されてこい。その後なら、始末をつけてやる」

シリジスは一瞬呆気《あっけ》に取られた後、再び小さく笑った。

「そう、か。それならば、殿下に一度お伺《うかが》いをしな、くて、は……」

言葉を紡ぎながら、シリジスは立ち上がろうとして——しかしそれが叶《かな》うことなく、彼の意識は闇《やみ》に飲まれた。

◆◇◆

マレインが宮廷に戻るや否《いな》や、官吏たちがこぞって彼に駆け寄った。

「宰相閣下、探しましたぞ」

「このような時に一体どちらへ」

マレインは実質的なデルーニオの支配者だ。それが他国へ攻め入ろうという時に不在だったとなれば、当然の反応である。

それが解っているからこそ、煩《わずら》わしそうに手を振りながらマレインも辛抱強く応じた。

「喚《わめ》くな。野暮《やぼ》用だ。それより軍備の方はどうだ?」

「順調に進んでおります。予定の兵力まで一両日中に到達するかと」

「時間との勝負だ。準備が出来次第、すぐに出発するよう将軍たちにも伝えておけ」

「はっ。次に中断された式典とその出席者についてですが――」

戦争を仕掛ける最中でも、他の問題が立ち止まってくれるわけではない。マレインは官吏に次々と指示を出していく。

そうしていると、官吏の一人が聞き逃せないことを口にした。

「閣下、先ほどから客室の方でトルチェイラ王女がお待ちです」

「馬鹿な。なぜそれを早く言わん」

マレインは急いで客室へと向かう。今動いている事態はトルチェイラが要衝だ。蔑《ないがし》ろにするわけにはいかない。

「――お待たせしました、トルチェイラ王女」

「おお、マレイン卿《きょう》」

マレインが客室に入ると、待っていたトルチェイラはパッと顔を上げた。

「いや、こちらこそ押しかけて申し訳ない。しかし今の状況、一人で悩んでいると不安が募ってのう」

「お気持ち、お察しいたします」

トルチェイラ王女の正当性と、デルーニオ王国の軍事力で、ソルジェスト王国の王位を奪い取る。

その計画を持ち込んだのは、マレインの方からだった。

当初、トルチェイラを筆頭とした使節団は混乱の極みにあった。突如《とつじょ》祖国でクーデターが起きたのだから当然だ。急いで帰国すべきという意見もあれば、安易に帰国すれば危険だという意見もあり、使節団は錯綜《さくそう》していた。

そこに現れたのがマレインだ。祖国奪還のために兵を貸すという申し出は、危険であると同時に魅力的に映ったことだろう。

（自国の問題に他国の介入を許す。これがどれほどのリスクか、考えずとも解ることだ。しかしそうして独自の兵力を手にしなくては、トルチェイラがソルジェストの王位を手に入れることは現実的ではあるまい）

向こうもそう判断したのだろう。しばらくの議論の後、トルチェイラ王女はこちらの申し出を受けると返答したのだ。

「ご安心ください、トルチェイラ王女。軍備は順調に進んでおります。必ずや簒奪者カブラの手から王位を取り戻してみせましょう」

「まっこと心強いことよ」

トルチェイラは笑顔を浮かべる。

「兄上の凶行の報《しら》せが届いた時は途方に暮れたものじゃが、妾《わらわ》が偶然にもこの国に身を置いていたのが不幸中の幸いであったのう」

「なんの、同盟国として当然のことです」

にこやかに応じながら、マレインは内心で吐き捨てる。

（ふん、調子の良いことを口にする。だが所詮《しょせん》は小娘。我が軍を精々利用してやろうと考えているのだろうが、利用し尽くすのはこちらの方だ）

王位奪還に協力したとなれば、トルチェイラ王女もこちらの意見を無視できなくなる。ましてソルジェスト王国は頼れる王を失い、内乱まで起きたことになるのだ。奪還したとて国の運営はしばらくままなるまい。その時に頼らざるをえないのは、当然デルーニオ王国だ。

（ソルジェストを意のままに操《あやつ》れるようになれば、この私は実質的な二国の支配者だ。もはやナトラとて恐れるに足らん。見ているがいい、シリジス。貴様が落ちた栄光への道を私が歩むところを）

煮えたぎるような野心を胸に秘めるマレイン。

そんな彼を、対面のトルチェイラは静かに見つめていた。

◆◇◆

物心ついた時には、腹を空《す》かせながら土を耕していた。

周囲にあるのは痩《や》せた土地。冷たい空気。教養のない住民。

辺境ではありふれた、文明という言葉から縁遠い寒村が自分の出身地だ。

親に可愛《かわい》がられた記憶はない。殴られ、罵倒され、働かされ続ける日々を送った。苦しかった。しかし何よりも苦しかったのは、なぜ苦しいのか、何が苦しいのか、どうすればこの苦しみから逃れられるのか、一つも答えが示せないもどかしさだ。

しかしそれも当然だろう。本の一冊すら読み聞かされたことのない人生。身についているのは学のない親を見て覚えた、学ともいえない習性だけ。土で薄汚れた手の中には何も握られておらず、これでどうして苦悩という深淵《しんえん》に光を差し込むことができようか。

そんなある日、教会と祭司というのが村にやってきた。

最初は意味が解らなかった。役人のようなものかと思ったが、全然偉ぶらないので違うらしい。殴ってこないし罵《のの》っても来ないので、親とも違う。村人のような無関心な眼を向けてくるわけでもない。彼らは全くの未知の人間だった。

しかしそんな彼らに対する警戒心は、すぐに消えてなくなった。

彼らの持つ教養、博愛の精神、そして何よりも教典の存在ゆえだ。

「教典というのは、神様が教えてくださった、正しき人になる方法を記した教科書ですよ」

祭司の言葉は最初こそ理解できなかったものの、やがてひび割れた幼い心に大いなる感動の雨をもたらした。

(これが、こんなものがあったなんて)

教典には全てが記されていた。天の理。地の理。人の弱さ、醜さ、気高さ。自分が抱いていた苦悩の正体。未来に起こりうる危険、失敗。そしてそれらを前にした時に進むべき正しい道。

衝撃だった。世界がひっくり返った――いや、世界が生まれたと言って差し支えない。これまでの自分はただ起きて土を耕して寝るだけの、土塊《つちくれ》と変わらない存在だった。しかし教典を知ることで、初めて自分が一人の人間であると自覚できたのだ。

その感動はどれほど時がすぎても薄れることはなかった。むしろ、教典を暗記できるほどになった時、自分には使命感が芽生えていた。

(この教えを、広めよう)

きっとこの国には――国という枠組みでさえ、教典なくして理解しえなかった――自分と同じような子供が一杯居る。ひび割れて荒れた大地のようになってしまった子供たちが。

その子たちに雨を送りたい。教典がもたらす啓蒙《けいもう》の慈雨《じう》を。

(祭司様みたいになるだけじゃ、足りない。一つの村だけじゃ駄目なんだ)

決意する。

(都に行こう。そこで偉くなるんだ。偉くなって、誰《だれ》よりも偉くなって、教会を一杯作るんだ)

そうして自分は村を出た。

自らの未来に数多《あまた》の苦難があることを確信して。

されど、その全てを乗り越えてみせるという覚悟を胸に秘めて――

◆◇◆

目を覚ましたシリジスは、そこが館の自室であることをすぐさま理解した。

「う、ぐっ……」

覚醒《かくせい》と同時に、全身から痛みが伝わってくる。それを抑えつけて起き上がろうとするも、力が入らない。小さな舌打ちが口端から漏《も》れた。

「お目覚めですか？　体調はいかがでしょう」

声は部屋に控えていた女官のものだ。シリジスは首だけを辛うじて動かした。

「何とか大丈夫だ……それより、フラーニャ殿下はまだこの館に？」

「はい。シリジス様がお目覚めになったら知らせるよう言われていますので、すぐにお呼びしますね」

女官はすぐさま部屋を飛び出して行った。

程なくして、宣言した通りにフラーニャが顔を出した。

「シリジス、起きたのね」

「……ご迷惑をおかけしました」

「ナナキから事情は聞いているわ。随分と無茶をしたわね」

「はっ……」

フラーニャは傍らの椅子に腰掛ける。

しかしそれ以上フラーニャは何も言わなかった。

ジッとシリジスの横顔を見つめながら、ただ彼の心から言葉が溢《あふ》れるのを待つ。

そして幾分かの時が過ぎた後、

「……私は辺境の寒村の出身でした」

ぽつりぽつりとシリジスは語り出した。

「何もない痩せた土地です。そこで私はひたすら畑を耕し、いずれ朽ち果てる運命にありました……レベティア教と出会うまでは」

「……」

フラーニャは無言で先を促す。

「無学な私にとって、レベティア教の教えは心の柱となりました。そしてこの教えを広めることが使命と考え、その手段として立身出世を志したのです」

「それで宰相にまで登り詰めたのだから、すさまじいわね」

フラーニャの感心は本心からだが、シリジスは自嘲《じちょう》する。

「ですが、その過程で私は初志を失いました。自らが手にした権益に魅了され、高潔で清廉な人間であるべしというレベティア教の教えも忘れて、権力を守り増やすことばかり専念するようになり果てたのです」

シリジスは己《おのれ》の両手を見る。その手は土に塗れていた頃よりも、ずっと汚れて見えた。

「レベティア教を重視した政策も、選聖侯という権威を得たいがためのもの。そんな有様《ありさま》では、追放された際に誰にも助けてもらえなかったのは当然です」

「……デルーニオ王国を恨んだりはしなかったの？」

「恨みましたとも」

シリジスは正直に答えた。

「恨み、憎み、復讐《ふくしゅう》しようと計画を練ったこともあります。ですが東側に落ち延び、祖国から離れて自らの人生を振り返る日々が続くと、次第に郷愁の念が募るようになりました。そして祖国に戻り、その現状を知った今……この国のために何かできることはないかと、思わずにいられないのです」

語り終えたシリジスは、大きく息を吐いた。

そんな彼に、フラーニャはゆっくりと問いかけた。

「シリジス、正直に答えて。貴方の心にナトラはまだある？」

「……殿下に拾われた恩は忘れておりません。そも殿下にお仕えしていなければ、この場所に戻ることすらできていなかった身です。ですがこのままデルーニオから離れるというのも……」

そう、とフラーニャは小さく頷いた。

そして、

「あー……よかった」

心の底から、安堵《あんど》の息を漏らした。

「ずっとドキドキしてたわ。貴方の心にはデルーニオだけしかないんじゃないかって。けれどそういうことなら、解決は簡単ね」

「殿下……？」

「ひっくり返すわよ」

フラーニャは言った。

「今の状況、私たちが介入する余地は無いように思えるけど、私はもう一度波乱があると思っているわ。そこを狙《ねら》いましょう。協力するわ」

「な、なぜそこまで……」

「私には貴方の力が必要だからよ」

フラーニャは宣言した。

「私の能力はお兄様の足下にも及《およ》ばない。だからこそ、私は私に仕える力ある家臣が必要だわ。そして力ある家臣を迎えるために、無力な私ができることは、心を尽くすことだけよ」

どれほど困難だろうと、たとえ失敗しようと、構わない。

忠誠を誓う家臣の心に寄り添い、共に歩むことこそ、自分が差し出せる最大限の報いなのだとフラーニャは言った。

「約束して、シリジス。全てが終わった後、本当の意味で私に仕えると」

「……っ」

フラーニャの瞳《ひとみ》に息を呑《の》む。その瞳に宿る力強さは、傑物たるウェインやグリュエールに比べても遜色《そんしょく》がなかった。

（この御方《おかた》は……）

もしも、と思う。

もしも本当に全てが上手《うま》く行ったならば、その時は。

「お約束いたしましょう。我が生涯をフラーニャ殿下に捧《ささ》げると──」

第五章　最後の一手

大陸西部において、デルーニオ王国とソルジェスト王国間の緊迫感が高まっている頃。

東のアースワルド帝国でもまた、張り詰めた空気が漂いつつあった。

その原因は第二皇子バルドロッシュと、第三皇子マンフレッドの争いである。

昨年起きた第一皇子ディメトリオ失脚の件で、両者もまた派閥勢力に痛手を負い、回復に専念することを余儀なくされた。

しかしここで先んじて第二皇子バルドロッシュの勢力がある程度回復。今こそ第三皇子マンフレッドを討《う》つ機会と、弟の所領に向かって軍を動かしたのである。

当然、マンフレッドも黙ってはいない。応戦すべく軍を興し、かくして両軍は対峙《たいじ》する。

そしてそれから数日。

皇子たちの軍は散発的な衝突をくり返しながら、今もなお睨《にら》み合《あ》いを続けていた——


「……あいつら、今日もろくに動かなかったな」

平野を挟んで向こう側に対峙するバルドロッシュ軍を見つめながら、マンフレッド軍の兵士はぽつりと呟《つぶや》いた。

「勇ましく吼《ほ》えてるだけで攻撃してこねえよな。やる気があるんだかないんだか」

周囲にいた仲間の兵士たちも同調してぼやく。

「それを言ったらこっちもそうだろ。今日なんて適当に矢を射かけてるだけだったぞ」

「最初は向こうとついに決戦か、みたいな話だったのにな。ったく、どうなってんだ」

「……皇子たちの軍にいれば勝ち馬に乗れると思ってたが、失敗だったかな」

「馬鹿《ばか》、声を落とせ……！」

思わず漏《も》れた口に兵士たちは慌てて周りを確認する。幸いにも上官の姿は近くに無かった。

「……でもよお、お前たちも思ってるだろ？　相当ヤバいぜ、あっちも、こっちも」

バルドロッシュとマンフレッド。両皇子の間に漂う敗色の気配を、兵士たちは肌で感じ取っていた。本来ならばどちらかが勝つはずなのだが、ロウェルミナの存在がそれを覆す。

「特に俺《おれ》たちマンフレッド皇子陣営は、属州からの寄せ集めだからなあ……」

「厳しいのは向こうも同じだと思うぞ。帝国軍人が主体だからって、無限の忠誠心があるわけじゃないだろ」

「……まあ、だよなあ」

言ってから兵士は改めて向こう側を見る。

「だってのに、今日も俺たちは睨み合うだけなわけだ」

「まあ軍に居りゃただ飯食えるからいいけどよお……何考えてるんだろうな、上の連中は」

「さてな。まあ少なくとも、負けることは考えてないと思いたいぜ」

兵士たちのぼやきと疑問は、誰《だれ》が受け取ることもなく、そのまま中空へ消えていった。

そして――

◆◇◆

「今のところ、予定通りだね」

「不本意な話だがな」

両軍が睨み合う地帯から、少しばかり離れた街の屋敷。

その一室に、バルドロッシュとマンフレッドは居た。

「同意見だけど、こればかりは仕方ないよ」

現在進行形で争っている派閥の長同士の密会。

なぜそのような光景が生み出されたのかと言えば、

「なにせこの計画で、ロウェルミナ派閥にダメージを与えなきゃいけないからね」

この争いはロウェルミナを狙《ねら》ったものではないか、というウェインの予想。

まさしくそれこそが、この二人の目的だった。

「各地で騒乱を起こす準備は進んでいるのだな?」

「ああ。一つ一つの規模こそ大したものではないけれどね」

対峙するバルドロッシュ軍とマンフレッド軍。

その軍とは別に、密《ひそ》かにマンフレッドの手勢が帝国の各地に潜り込み、騒乱を起こす計画が動いていた。

「そうして被害を受けた民をロウェルミナに押しつける、か。奴《やつ》は本当に動くのか?」

「動くよ。動かざるをえない。帝国を愛するという演技《キャラクター》で支持を得ている彼女には、帝国民の窮状を座して見ることは許されない」

シナリオはこうだ。両軍が睨み合い帝国の緊張が高まった頃合《ころあ》いで、表向きは全く無関係の郎党が各地で騒ぎを起こす。バルドロッシュたちは睨み合っているため動けないという建前《たてまえ》を盾にし、代わってロウェルミナをそちらへの対処に奔走《ほんそう》させる、ということである。

「こちらが睨み合うだけでさほど消耗しないまま、ロウェルミナには抱える人材や物資をとことん吐き出させる」

「以前奴が俺たちにやらせたことを、より大規模にして押しつけるわけだな」

頷《うなず》いてから、苛立《いらだ》ち交じりにバルドロッシュは息を吐く。

「しかし、我らの名声は地に落ちるであろうな」

「そこは割り切るしかないね」

ロウェルミナが人道支援に奔走している間、両軍は睨み合いを続ける手はずだ。帝国民からすれば、何を遊んでいるのだと失望するところだろう。

しかし、本来は敵同士のバルドロッシュとマンフレッドが組んで、なおかつそのような計画を実行しなくてはならないほどに、ロウェルミナは脅威として成長しているのだ。

「今や名声という点において、私たちがロウェルミナに追いつくのは困難だ。だったらあえて名声を捨てて、向こうがそれを捨てられないのを利用するしかない」

「……」

なおも不服そうなバルドロッシュに、マンフレッドは続けた。

「それに、悪評は後で舗装できる。皇帝の座について帝国を繁栄させれば、史書に記される皇帝即位までの経緯なんて、二行で収まるさ」

するとバルドロッシュは鼻を鳴らした。

「確かにそうかもしれんな。……それでも俺とお前のどちらかには、永劫《えいごう》不変の悪名が刻まれるわけだが」

そして当然刻まれるのはお前だと、バルドロッシュは視線を突き刺す。

マンフレッドもまた、その視線を跳ね返すかのように兄を睨み付《つ》ける。

睨み合いは数秒。何もない空間に火花を散らすことを不毛と悟ったか、バルドロッシュが再び口を開いた。

「それで、ロウェルミナはいつ動く?」

「さて、こればかりは。ただ妹の性格上、できるだけ自陣営の被害が少なくなるよう悪戦苦闘するのは確かだろうね」

「あまり悠長にしていては宰相のケスキナルや西側も動くかもしれんぞ。特に南のファルカッソ王国は、隙《すき》があれば牙《きば》を打ち込もうとしてくるだろう」

大陸に三つある、東西を結ぶ公路。北にある公路はナトラが。中央にある公路はミールタースが。そして南、もっとも帝国の中枢と近い公路は、ファルカッソ王国が抑えている。

その地理上何度となく帝国と戦いを繰り広げた国であり、軍事派閥の長であるバルドロッシュにとっては特に軽視できない存在だ。

だが、意外にもマンフレッドは頭を横に振った。

「その点は心配ないよ。宰相は以前独断で皇帝の軍を動かしたことで、今は身動きが取りにくくなってるし、ファルカッソの方も色々と手一杯って報《しら》せが届いてる」

「去年の飢饉《ききん》か?」

「それもある。でもそれに付随して、東レベティア教が勢力の拡大を試みているようでね。その対処に追われてるみたいだ」

「宗教屋同士の縄張り争いか。くだらんな」

バルドロッシュはおもむろに立ち上がる。

「おや、バルドロッシュは神を信じないのかな?」

「いいや、神はこの地上に居るとも。アースワルド帝国の皇帝という、唯一無二の神がな」

バルドロッシュは言った。

「用件はすんだ。ロウェルミナが出張るまでの細かい調整は、部下を介してでよかろう」

「構わないけど、くれぐれも油断はしないでくれよ」

「言われるまでもない。貴様こそくれぐれも裏切るなよ」

吐き捨てるように答えた後、部屋を去るバルドロッシュ。

残されたマンフレッドは、小さく言った。

「裏切らないさ。ロウェルミナが片付くまでは、ね」

◆◇◆

「――なーんて悪巧みをしてるんでしょうね」

アースワルド帝国首都、グランツラール。

その中心に据えられた皇宮の一角に、ロウェルミナ・アースワルドの姿はあった。

「この期に及《およ》んでそんな手段で私を巻き込もうだなんて……ふっ」

ロウェルミナの手元には積み重なった資料がある。

中身はバルドロッシュとマンフレッド陣営についての情報だ。

陣営を外から調べたものもあれば、陣営に潜り込ませた間者《かんじゃ》からの情報まで様々だ。

特に最近は陣営内部の情報が入手しやすくなっている。派閥の長である二人の求心力の低下が原因だろう。もちろん欺瞞《ぎまん》情報なども含まれているだろうが、沈む船に乗っていると感じながら、規律と忠誠心を維持できる人間はそうはいないのだ。

ゆえにロウェルミナは兄二人の思惑を、高い確度で把握しているのだが、

「結構クリティカルヒットなんですよね……！」

ぐえー、と彼女は頭を抱えた。

第一皇子ディメトリオの派閥を取り込み、パトゥーラとの国交回復で為政者としての能力も示し、ロウェルミナの歩みは贔屓目《ひいきめ》を抜いて見ても順調だった。

だがそこに来て、兄二人による共同作戦である。

「仲悪かったじゃないですか貴方《あなた》たち……！　もっと喧嘩《けんか》してくださいよ……！　そして私に楽に勝たせてください……！」

相手の内情を把握しているからといって、自分が対応できるかはまた別の話なのだ。

ゆえに無茶苦茶な要求を口にしながら、ロウェルミナはため息を吐く。

「小細工してる二人をいっそ直接殴りにいければとも思いますけれど、私の立場だと軍を興す

というのも難しいんですよねえ……」

ロウェルミナ率いる憂国派閥は、軍事力を持たず、平和的解決を掲げている。

これは当初、軍事力を持っていないがゆえの苦《くる》し紛《まぎ》れだった。鉄の剣と盾が手元にないがゆえに、愛と平和というお題目で防御を固めたのだ。

しかし今のロウェルミナ派閥は成長し、軍事力を持とうとすれば持つことは可能になっている。しかしながらその選択は取りたくないのが、ロウェルミナの本音であった。

もちろん本当に平和主義に目覚めたわけもない。むしろ彼女は武力で解決できそうなら今すぐ両皇子を殴りに行きたいとすら思っている。

そんな狂戦士《バーサーカー》の素質を持つ彼女が、なぜ皇宮で迷子になった猫のように喚《わめ》いているのかといえば、理由は二つだ。

一つは、ここでロウェルミナが武力行使に走れば、これまで彼女が掲げてきた平和的解決というお題目に自ら傷を付けるからだ。女帝という前代未聞の地位を目指す彼女にとって、民衆の支持を失う可能性はできるだけ避けたいのである。

もう一つは、ロウェルミナの手元には有能な将がほとんど居ないためだ。そういう人材は第二皇子か第三皇子が抱えている。そしてロウェルミナ自身、政治的駆け引きはともかく、軍事面となると決して明るくはない。

(軍を興したとしても勝ち目は微妙。なのに興せば確実に私の評判は落ちる。……ちょっとや

る気は起きませんね）

しかしそうなると、今の問題をどう解決するかという話になる。

両皇子は適当に戦っている振りをしながら各地で騒動を起こし、民衆の保護や保障をせざるをえないこちらのリソースを消費させる算段だろう。それでロウェルミナの名声は高まるだろうが、軍事力を持つ政敵を倒すには、最終的に武力や物資が必要だ。いたずらに消耗するわけにはいかない。

「なーのーで、ウェインの返事が重要なんですが、が、が」

腹案はある。しかし独力では難しい。

そこでナトラに派遣したのが腹心のフィシュであり、彼女は交渉の成果を持ってもうじき帰国する手はずになっていた。

「まだかなー、まだかなー、まだですかー、フィシュー」

そんなわけでここしばらく、ロウェルミナは部下の帰還を待ちながらぐだぐだとしていたわけだが、ようやくというべきか、聞き慣れた足音を部屋の外から感じた。

「殿下、ただいま帰還いたしました」

「フィシュ！」

部屋の扉を開いて現れたのは、紛れもなくフィシュ・ブランデルだった。

そんな彼女に飛びつくようにしてロウェルミナは駆け寄った。

「待っていましたよ。道中何事もありませんでしたか？」

「はい。大過なく往来することができました」

応じながらフィシュはロウェルミナに書簡を差し出す。

「そして殿下、早速ですがこちらがウェイン王子からの返答となります」

「確かに受け取りました」

書簡を手にしたロウェルミナは、早速封蠟《ふうろう》を解いて中に眼を通す。

そしてしばしの後、

「――ぃよっし！」

ロウェルミナは叫んだ。

「これなら予定通り進められますね！　フィシュ、よくやってくれました！」

「殿下の立案された計画あってこそのことです」

喜ぶ主君の姿にフィシュは微笑《ほほえ》んだ。

しかしそこから一転してロウェルミナは思案顔になる。

「ただ……ウェインから追加されたこの条件が気になりますね。履行すること自体は可能だと思いますが……フィシュ、貴女《あなた》は一体どういう意図だと思いますか？」

「はっ。西のソルジェスト王国付近で起きている騒動と関連がありそうですが、ウェイン王子もその辺りのことは詳細には語られず……」

「デルーニオで同盟を祝う式典が開かれている最中に、クーデターが起きたそうですね」

「はい。私がナトラを出国するのと前後して、デルーニオ王国軍が簒奪者討伐《さんだつしゃとうばつ》のために出兵したとも聞いております」

「遠方のことですから、そこまで気にしていませんでしたが、しかし、ふむ……」

ロウェルミナは数秒ほど黙り込んだが、気を取り直して言った。

「いえ、ここで考え込んでも仕方ありません。西側諸国の事情も気になるところですが、私はまず帝国の問題を解決しなくてはなりません」

「それでは」

「ええ、すぐに出発します。帰国して早々ですが、フィシュも準備をしてください」

ロウェルミナはにっと笑う。

「――我が帝国の仇敵《きゅうてき》、ファルカッソ王国。さて、どのように出迎えてくれるでしょうか」

◆◇◆

「もうじき、デルーニオ軍とソルジェスト軍がぶつかる頃かのう」

デルーニオ王国の迎賓館の一室。

そこでトルチェイラは果実を口にしながら言った。

「はてさて、我が兄上は生き延びられるかどうか」

デルーニオ王国軍、兵力一万五千。

それが国元を出立し、ソルジェスト王国へ向かったのが少し前のこと。

対するは兄カブラ率いるソルジェスト王国軍。その数は一万。

進軍速度を考えれば、もうじき両軍が衝突しておかしくない。

「殿下はソルジェスト軍が敗北すると？」

傍《そば》に控えていた部下が問いかける。

「そう評する他あるまい。勝てる理由がないのではな」

すると部下は納得しかねるとばかりに眉根《まゆね》を寄せた。

「我がソルジェスト王国軍はグリュエール陛下により鍛えられた精兵。いかに兵力差があるとはいえ、デルーニオ軍にそう後れを取るとは」

「正にそこよ」

トルチェイラは言った。

「ソルジェスト王国軍は父上が手ずから育てあげた組織。立場上は国軍でありながら、実態は父上に忠誠を誓うグリュエール軍と言って差し支えぬ。そんな連中が、大した実績もない兄上の言うことをどこまで聞くかのう」

「なるほど……ましてカブラが簒奪者ともなれば」

「まあ兄上とて度《ど》し難《がた》いほど愚かではない。将兵への多少の根回しはしておるじゃろう。祖国がデルーニオに攻め入られるとなれば、愛国心を優先して従う者も少なくあるまい。軍を動かす程度ならできるじゃろうが……それで勝てるかと問われればのう」

いかに精兵といえども、操《あやつ》る指揮官が盆暗《ぼんくら》では十全に力を発揮することはできない。なればこそソルジェストの敗北は必至であると、トルチェイラは考える。

「もっとも、ソルジェストの敗北はあくまでこの一戦のみの話」

トルチェイラは鼻を鳴らす。

「その先で真の敗北を味わうのは、デルーニオの方じゃがのう」

「殿下、それでは」

「うむ。もうじきあの人物もデルーニオに到着する。妾《わらわ》も備えるとしよう」

この先に起きる事を思い、トルチェイラは不敵な笑みを湛《たた》えた。

◆◇◆

トルチェイラが次なる策略の準備をしている頃。

フラーニャといえば、館の一室にて思案顔でジッとしていた。

「ううん……」

「殿下、そうあまり思い詰められますな」

悩ましげに唸《うな》る主君に、傍のシリジスが声をかける。

「でもあれだけ啖呵《たんか》を切っておきながら、こうして待っているだけなのが、こう……むむむってなるのよ」

「仕方ありますまい。手持ちの札には限りがありますゆえ」

なにせフラーニャは他国の式典に招待された身だ。トルチェイラのように陰謀を練っていたわけでもないため、随員は必要分しか連れていない。何かをしようとしても人手が足りない、となるのは当然である。

「それに、殿下は何も手札を遊ばせているわけではありませぬ」

「……ナナキとゼノヴィアは、無事に到着したかしらね」

為政者の心構えとして、フラーニャはウェインから二つの助言を受けたことがある。

一つは、好機を見逃さないこと。

チャンスが目の前に転がり込んできても、それがいつまでもあるとは限らない。摑《つか》める時に手を伸ばさずして、どうして栄光が摑めようか。

もう一つが、自ら状況を動かすこと。

チャンスを逃がさないのは大事だが、そもそも常にチャンスが巡って来るとは限らない。あるいは、転がり込みそうなところを誰かに妨害されることもあり得る。そんな中で天からの恵みを待っているだけでは、いずれ乾いて朽ち果てることになるだろう。

『受け身になるなフラーニャ。自分の意志に世界を巻き込んでこその為政者《プレイヤー》だ』

そしてその助言に従い、今、フラーニャは一つの手を打っていた。

彼女にとって最高の手札であるナナキとゼノヴィアを使った上で、だ。

「上手《うま》く行くと思う？　シリジス」

「これぱかりは未来を見る眼を持たずして断言はできますまい。しかしあえて申し上げるのであれば、たとえ失敗に終わったとしても、この計画を立案し実行に移した殿下の決断は、余人には到底叶《かな》わぬことでしょう」

シリジスの言葉に幾ばくか心の軽さを得たところで、部屋の扉が叩《たた》かれ、従者の一人が顔を出した。

「失礼いたします。フラーニャ殿下、ご報告が二件ございます」

「何かしら？」

「ただいま、館にお客様がお見えになりました」

「客人が？」

フラーニャとシリジスは視線を合わせ、怪訝《けげん》を共有する。客人。今日のところは特に予定はなかったはずだが。

「それともう一件、王宮を見張らせていた者から連絡がございました。貴人が一名到着されたようです」

その言葉で抱いていた戸惑いは吹き飛んだ。

間違いない。このタイミングでの来訪となれば、恐らくはトルチェイラ王女の仕込み。

「その貴人が誰だか解《わか》る？」

問いに従者は頷いた。

「――レベティア教福音局局長、カルドメリアです」

◆◇◆

「カルドメリアが来ただと……？」

部下からの報せを受けた宰相マレインは思わず顔をしかめた。

「はい、陛下との謁見を希望しておりますが……如何《いかが》致しましょう？」

「……レベティア教の重鎮。聖王の代行も務める人間だ、断るわけにもいくまい。ラウレンス陛下を謁見の間にお呼びしろ。私もすぐに向かう」

部下に指示を出しながらマレインは思考を巡らせる。

なぜ、何のためにこのタイミングで。

偶然だろうか。しかし見計らっていたと言われても納得できる頃合いだ。

（少なくとも、油断はできんな……）

舌打ちをしながら謁見の間へ。

そこには衛兵や家臣たちの他に、ラウレンス王の姿もあった。

「陛下、ご足労頂きありがとうございます」

一礼するマレインに、ラウレンスは声音《こわね》を震わせながら言った。

「よ、よい。そ、そんなことよりもマレイン、福音局の人間が来たと聞いたが」

「はっ。ご心配には及びませぬ。全《すべ》て私にお任せを」

ラウレンスに説明したところで意味はない。早々に話を打ち切り、マレインは謁見の間の出入り口に目を向ける。するとそこにある重厚な扉が開き、奥から一人の女性が現れた。

「——突然の来訪、失礼致します。レベティア教福音局局長、カルドメリアと申します」

謁見の間に居た全員が息を呑《の》んだ。

資料によれば、カルドメリアは老婆と言って差し支えない年齢にある。

だというのにそこに居たのは、瑞々《みずみず》しい肌と艶《つや》やかな髪、そして妖《あや》しい輝きを放つ妙齢の女性だった。その外見だけなら三十代、いや二十代と言っても通じるだろう。

しかし同時に全員が一目でこうも理解した。この女は尋常の存在ではない。危険だ、と。

「あ、う、お……」

危険と解っているのに眼を離せない恐るべき魅力に、玉座にいるラウレンスは言葉を失う。

しかしそんな主君の無様な様子を見て、マレインは我に返ることができた。

「……来訪を歓迎致します、カルドメリア殿」

心にもないことを口にして、マレインは続ける。

「して、我が国に何用でいらっしゃったのでしょう。観光であるというのならば、如何様《いかよう》にでも見て回ってくださって構いませぬが」

警戒心を露《あら》わにしながら問いかける。

「そのことなのですが……少しお待ちください」

申し訳なさそうにカルドメリアが答える。

突然押しかけておいて、しばし待てとはどういうことか。マレインが戸惑いを胸に抱いた時、カルドメリアの背後の出入り口から小柄な人影が現れた。

「おお、遅れてしまったか。すまぬな」

人影の正体は、トルチェイラだった。

マレインはますます戸惑いを深める。トルチェイラはカルドメリアと一言二言挨拶《あいさつ》すると、彼女の傍に控えた。ここにカルドメリアが居ることにも、またカルドメリアとの謁見の場に同席することにも、一切《いっさい》迷いがない。何かの間違いで現れたのではない、ということだ。

「トルチェイラ王女、これは一体……？」

「私がお招きしたのです。私の用件には王女も関係ありますので」

トルチェイラへの疑問にカルドメリアが代わって答える。

二人は繋《つな》がっている。申し合わせている。そのことに気づいた瞬間、壮絶なまでの嫌な予感がマレインの背筋を走った。

「……それでは重ねて問いますが、カルドメリア殿のご用件とは」

聞いてはならない。しかし聞かないわけにはいかない。隠しきれないマレインの葛藤を前に、カルドメリアはその赤い唇を開き、にこやかに言った。

「――デルーニオ王国に、最後通牒《つうちょう》を告げに参りました」

◆◇◆

ざわめきが謁見の間を駆け抜けた。

「最後通牒……？」『どういうことだ』『なぜレベティア教がそんなことを』

居合わせた者たちが疑問を口にするのは、動揺がゆえだ。

そんな彼らに向かって、マレインは声を張り上げた。

「静まれ！　王の御前であるぞ！」

マレインの一喝によって謁見の間は静まりかえる。しかしそれが本質的な問題の解決になっていないことは、他ならぬマレインも理解していた。

「……カルドメリア殿、今の発言はいかなる意味合いか⁉」

「いかなるも何も……まさかこの期に及んで言い逃れをされるおつもりですか？」

カルドメリアは言った。

「デルーニオ王国はレベティア教に対して深刻な背信行為を働きました。これを看過することはできません。速やかに是正がされない場合、レベティア教はデルーニオ王国を明確な敵国とみなす次第です」

「――馬鹿な！」

マレインは叫んだ。

「デルーニオ王国はこれまで献身的にレベティア教を支えてきた！　だというのに背信行為など、言いがかりも甚だしい！」

語気を荒らげながらマレインは猛然と頭を巡らせる。

西側諸国での争いともなれば、レベティア教が出張ってくる可能性はあると念頭に置いていた。しかしデルーニオこそ参戦しているものの、内容的にはソルジェスト王国での兄妹争いだ。レベティア教が介入してくるのはある程度雌雄が決した後、とマレインは考えていた。

だというのに、戦端が開かれた報せすら届いていない頃合いに、この一方的な宣言だ。

カルドメリアの意図が読めない。そして政治の場において相手の意図が読めないのは、すなわち相手に先んじられていることに他ならない。

「我が国に一体どのような罪があるとして、そのような主張をされる⁉」

マレインの言葉に、カルドメリアはにっこりと微笑んで、

「東レベティア教の尖兵となり、ソルジェスト王国を攻撃していること」

一切の容赦なく、デルーニオ王国に刃を突き立てた。

「それが、あなた方の罪です」

「――――っ！」

マレインは衝撃に身を震わせた。

東レベティア教。ソルジェスト王国との戦争だけならまだしも、まさか東レベティア教がここで引き合いに出されるとは、夢にも思っていなかった。

「デルーニオ王国が東レベティア教より多額の援助を受けていることは、既に調べがついています。そしてこの度のソルジェスト王国への侵攻。これはデルーニオ王国を利用した東レベティア教による侵略行為に他なりません」

マレインは咄嗟《とっさ》に言葉を発することができなかった。

東レベティア教から援助を受けていることは事実。ソルジェスト王国に侵攻したのも事実。二つは関係ない事柄だが、関連付けて語ることは何ら不自然ではなかった。

「ち、違う！」

たまらず叫んだのは、マレインの横にいたラウレンスだった。

「我が国はそのような目的で、そ、ソルジェスト王国に軍を向けたのではない！」

彼の視線が向かうのは、カルドメリアの傍で黙って推移を見守っているトルチェイラだ。

「王位を簒奪したカブラを倒し、正当なる後継者たるトルチェイラ王女に玉座を渡す！　それが我らの目的だ！　そうであろう⁉　トルチェイラ王女！」

ラウレンスの主張は正しい。デルーニオ王国が出兵したのはトルチェイラと協議し、ソルジェスト王国王女たる彼女のお墨付きがあってこそ成立したものだ。デルーニオ王国が身勝手に実行したわけではない。彼女がそう証言すればこの件は片が付く。

だからこそトルチェイラは、

「はて、何のことかのう？」

最高に良い笑顔で、デルーニオ王国の乗った梯子《はしご》を蹴《け》り飛ばした。

「そのような話、妾は聞き覚えがないが」

「は――――？」

困惑はラウレンスのみならず、居合わせた全員のもの。

トルチェイラ王女を王位につけるために、デルーニオは軍を興した。それがこの国の公式見解であり、また紛れもない事実である。

それが、ひっくり返された。

他ならぬトルチェイラ王女によって。

(――やられた！)

事態に気づいたマレインは思わず唸った。

トルチェイラがこちらに正当性を与えることで軍事行動を起こさせ、カルドメリアがそれを糾弾し、そのタイミングでトルチェイラが正当性を引っ込める。

もはや疑う余地もない。トルチェイラとカルドメリアは共謀している。今この状況になるように、二人が仕組んだのだ。

「な……何だそれは！」

ラウレンスが玉座から勢いよく立ち上がった。

「我が国は、兵は、トルチェイラ王女を助けるために！」

するとカルドメリアは横合いに眼をやって、

「だ、そうですよ？　トルチェイラ王女」

「はてさて、そう言われても思い出せぬのでのう」

トルチェイラとカルドメリアは朗らかに笑い合った。

嘲笑《あざわら》っているとしか思えないその態度に、ラウレンスは激昂《げきこう》した。

「え、衛兵！」

普段は黙っている王の怒声に、兵たちは驚いて背を震わせる。

「その者たちを捕らえよ！　我が国に対する侮辱、許しがたい！」

「だ、そうだぞ？　カルドメリア殿」

「言い逃れを画策し、それが叶わぬとみれば武力による脅迫。これは頂けませんね」

トルチェイラとカルドメリアの余裕は崩れない。それが尚更《なおさら》ラウレンスの神経を逆なでするが、そこにマレインが割って入った。

「陛下、お待ちを！　あの二人に手を出せば、いよいよもってレベティア教への言い訳が立ちませぬ！」

「ならば放っておけと言うのか⁉　ふざけるな！　衛兵！」

重ねて兵に命令を出そうとするラウレンス。

「やめろ！　全員動くな！」

マレインがすぐさまその指示を上書きする。

「お、おい」『どうすりゃいいんだ』『そりゃ陛下の命令だろ……』『いやでもな……」

衛兵たちは顔を見合わせ、本来の主たるラウレンスと実質的な主たるマレイン、どちらの命令に従えばいいのか答えを求める。

その滑稽な光景を制したのはマレインだった。

「陛下はお疲れのご様子だ！　すぐに部屋へお送りしろ！」

より自分に近しい兵に命じ、マレインはラウレンスを強引に謁見の間の外へと引きずり出した。そして楽しそうに眺めていたカルドメリアに向かって、彼は言った。

「カルドメリア殿、レベティア教からの通告は確かに受領した。されど急なことゆえ、返答に今しばらくの猶予を頂きたい……！」

カルドメリアは笑って応じた。

「ふふ、そうですね。あなた方の愉快なやり取りに免じて、数日待ちましょう。……それでは今日のところはこれにて」

マレインに悠然と背を向けて、カルドメリアは去って行った。

それに次いでトルチェイラも踵《きびす》を返す。

「トルチェイラ王女……！　貴様……！」

思わず呪詛《じゅそ》の声を漏らしたマレインに、トルチェイラは楽しげに言った。

「ふふ、妾も館に戻るとしよう。ゆっくりと休めば、あるいは大事な何かを思い出すかもしれんしのう」

憎たらしいほど軽快な足取りで、トルチェイラも謁見の間から出て行った。

そうして主演たちの姿が消えたところで、マレインは怒りに任せて壁を叩いた。

「閣下……！」

思わず部下が駆け寄ると、その襟首《えりくび》を捻《ひね》り上げてマレインは言った。

「……箝口令《かんこうれい》を敷く。謁見の間の出来事を決して外に漏らすな！　それとラウレンスを部屋から出すなよ。決してだ！　今の奴に暴走されれば全て台無しになりかねん！」

「は、ははっ！」

「伝令の準備をしろ！　我が軍の一切の戦闘行為を停止させる！　ソルジェストには絶対に手出ししてはならん！」

「しかし閣下、予定通りであれば既に戦端が開かれている頃合い。とても伝令が間に合うとは」

「黙れ！　無駄だろうと何だろうととにかくやれ！　そしてユアンもだ！　今すぐ王宮にいる東レベティア教の人間を引っ捕らえろ。その後、国内にいる者たちも片っ端から捕縛する！」

「よ、よろしいのですか？」

「奴らの首で収まるとは思えんが、これ以上のさばらせても傷を広げるだけだ！　急げ！」

指示を受けた部下たちは、蜘蛛《くも》の子を散らすように走っていった。

（おのれ、まさかこんなことになるとは……！）

トルチェイラとカルドメリアが並んでいる姿を見た時点で嫌な予感はしていたが、これほどの事態になるとはとても想像できなかった。

（トルチェイラの計画の発端を考えると……つまり、こういうことか？）

王位を欲するトルチェイラにとって、現王グリュエールと兄カブラは邪魔者だった。そこで自らの野心を表に出すことで兄を焦《あせ》らせ、あえて国を空けることで暴走を誘発。兄を利用して邪魔な父親を排除した。

次に邪魔な兄を排除するためにデルーニオを利用する。彼女はこちらの思惑を読み切り、目論見《もくろみ》通り出兵させることに成功した。

しかしデルーニオの力を借りれば、王位についた後で干渉されることは目に見えている。そこで邪魔になるデルーニオを、最後はレベティア教を使って排除しようというのだ。

（馬鹿げた計画としか言えん……しかし現にその計画に追い詰められている……！）

間違えたのはどこだ。東レベティア教の援助を受け入れたところか。ソルジェスト王国の騒乱を好機と考えた時か。あるいはトルチェイラを小娘と侮ったのが失敗だったのか。

（とにかく何としても生き延びる道を考えなくては……）

そう考えた時、慌ただしい足音と共に部下が戻ってきた。

「閣下、部屋にユアンの姿がありません！」

「他の東レベティア教の人間も、どこにも！　部屋も全てもぬけの殻です！」

「何だと……!?」

偶然ではない。こちらの動きに感づいて、姿を眩《くら》ましたのだ。

「……探せ！　まだ遠くへは行っていないはずだ！」

指示を出しながらマレインは考える。

ユアンたちを捕まえられなければ、ますますデルーニオの立場は危うくなる。

数日の猶予こそ得たが、その間にどれだけ対策を講じることができるか。

（もしも、何も手がなければ……）

生き延びなくてはならない。

たとえ、自分以外の全てを切り捨ててでも。

◆◇◆

デルーニオの王宮で起きた騒動は、マレインが指示した箝口令も虚《むな》しく、城下の有力者たちの間に広まりつつあった。

「殿下が予想した通り、さらなる波乱が起きましたな……」

「とはいえ、まさかレベティア教がここで顔を出すだなんて思わなかったわ」

そして箝口令をすり抜けて、情報を得ている陣営の一つが、フラーニャたちだ。

デルーニオの王宮と繋がりがほとんどない彼女たちが、いかにしてその鮮度のある情報を入手したのかといえば、

「予想外と言えば、貴方がここに来たこともですけれど」

フラーニャの視線の先。

そこに居たのは、マレインが血眼になって探している、宣教師にして枢機卿《すうききょう》のユアンだ。

カルドメリアが王宮に到着したという報せを受けた際、同時に部下を率いて密かに来訪した人物こそが彼だった。

「よく危険が迫っていると気づけましたね」

「宣教師という役柄は、身の危険に鼻が利《き》かなくては務まりませんので。各地の信者にも既に伝令を送っていますから、彼らも報せを受け次第身を隠すことでしょう」

紙一重で命を落としかねない状況だったというのに、ユアンは明るく笑った。

そんな彼の態度に呆《あき》れ半分、感心半分でフラーニャは言う。

「だからといって私のところに避難してくるだなんて、他に良いところもあったのでは？」

「逃げるだけならば。しかしこの地に留《とど》まり、今後の推移を見定めるというのであれば、御身《おんみ》の庇護《ひご》下を置いて他にありません」

フラーニャはナトラの代表だ。特にカルドメリアの出現で事態が混迷化した今となっては、デルーニオ側は危害はおろか機嫌を損ねることすら避けたいだろう。ユアンたちは身を潜めて来訪したが、仮に気づかれていたとしても、踏み込んで来るのは躊躇《ためら》うはずだ。

「とはいえ正直なところ、断られるとも思っていました。私と部下を受け入れてくださったフラーニャ王女には感謝しかありません」

「迫害されていたフラム人を受け入れたナトラ王家の寛容の精神は、今もなお受け継がれているのですよ」

フラーニャはそう微笑んで、

「と、言いたいところですが、実際のところは利用価値がありそうだったからですけどね」

「お気になさらず。私もまだまだ信仰心が足りないため、博愛の精神よりも黄金を載せた天秤《てんびん》の方が心安まりますので」

ユアンはにこやかに応じながら言った。

「もっとも、今の我らは王宮から追放された身。落ち延びる前までに王宮で見知った情報を除けば、さしたるご助力もできそうにありませんが」

「それだけでも十分に値千金の価値がありますよ。明日、詳しくお尋ねしますので、今日のところは下がって構いません。部下の方々も貴方が傍に居る方が安心するでしょう」

「それではお言葉に甘えて」

ユアンは素直に一礼すると部屋を出て行った。

飄々《ひょうひょう》としていたものの、せっかくデルーニオで積み上げてきたものが粉々になったのだ。思うところはやはりあるのだろう。

そして精神的という意味では、隣の男も同様だ。

「シリジス、こんな状況じゃ難しいだろうけど貴方も少し休んで」

「はっ……」

カルドメリアの来訪によって、デルーニオ王国は一転して窮地に追い込まれている。祖国がそのような状況にあっては、休まるものも休まらないだろうが、さりとて苦悩をありありと浮かべる彼の横顔を見ると、このままでは倒れかねないと思ってしまう。

「……畏《かしこ》まりました。少しばかり失礼いたします」

シリジス自身も自覚していたのだろう。ゆっくりと彼は頷いた。

「ええ。起きたら今後のことを改めて話し合いましょう」

そうしてシリジスの背中を見送って、フラーニャは一人になる。

普段ならばナナキが物陰に潜んでいるが、今はいない。そういう意味では珍しく本当に一人だった。しかしそんなことを気にするほどの余裕は、フラーニャには無かった。

(福音局局長カルドメリア……)

相当厄介な人物であると兄から聞いている。何かしら取引があってのことであろうが、まさかトルチェイラがそのような人間を引っ張り出してくるとは。

(このままだと、デルーニオ王国は諸外国に食《く》い潰《つぶ》されるわ)

西側諸国でレベティア教の敵として認定されることは、処刑宣告も同然だ。ましてデルーニオ王国は西側の中心に近く、他国にとっても有益な土地。諸外国はこれ幸いとデルーニオを切り取ろうと画策してくるだろう。

フラーニャはシリジスと約束した。本当の意味で家臣となるならば、故郷たるデルーニオ王国を助ける手伝いをすると。しかしこのままでは、その約束を果たせない。

（ナナキとゼノヴィアは動かしているけれど……仮に二人が成功しても、今の流れに歯止めをかけるのは難しいわ）

一手。あと一手が必要だ。

しかし自分が手を伸ばせる範囲で、これ以上何が望めるだろうか。

懊悩《おうのう》するフラーニャだったが、その時、こつん、と窓を叩くような音がした。

「……？」

何事かと窓へと目をやり、ギョッとする。

窓の外に人の姿があったのだ。

思わず声をあげそうになって、寸前で思いとどまる。窓枠に足をかけるその人物を、フラーニャはこれ以上ないほど知っていたからだ。

「――ニニム⁉」

慌てて窓を開いて名を叫ぶ。そこに居たのは紛れもなくウェインの従者たるニニムだった。

「しーっ。お静かに、フラーニャ殿下」

囁《ささや》くようにそう言うと、ニニムは音も無く部屋の中に滑り込んだ。

「え、ど、どうしてここに？」

ニニムがこちらに派遣されるなどという話は聞いていない。完全に予想外だ。

「ウェイン殿下から仰せつかってのことです。失礼ながらこちらの状況が解らなかったので、このような形で参上いたしました」

デルーニオはフラム人を排斥する西側の国。さらに戦争まで起こり、フラーニャが実質的な人質と化したとなれば、ニニムが正面から入ってこないのも納得である。場合によっては館の中までデルーニオの人間で固められていたかもしれないのだ。もちろん、納得したからといって驚きが消えたわけではないが。

「フラーニャ殿下、ご不自由やお怪我《けが》などはございませんか？」

「ええ、その心配はないわ。屋敷が監視されてるぐらいで、ほとんど自由だから」

「それを聞いて安心いたしました。元よりナナキもついていますから、万が一は無いとは思っていましたが……」

言いかけて、ニニムは不審げな顔になる。

「……殿下、ナナキはどこに？」

フラーニャの護衛であり、本来ならばニニムが窓の外についた時点でフラーニャの傍に居なくてはいけない人間。それがどこにも見当たらない。

「あ、ええっと、ちょっと私の頼みで別の場所に」

「この緊急時に殿下のお側を離れたと？」

ニニムの眼差《まなざ》しが鋭くなる。思わず呑まれそうになったが、フラーニャはぐっと堪えた。

「そ、そうだけど、必要なことなのよ」

ニニムのことは姉のように思っているが、この件は確固たる自分の意志で行ったことだ。ナナキが非難されるというのであれば、自分が矢面に立つ義務がある。その決意を胸に、フラーニャはニニムの赤い瞳《ひとみ》を見つめ返した。

二人はしばらく視線を交わしていたが、やがて根負けしたのはニニムの方だ。

「……フラーニャ殿下がそう仰《おっしゃ》るのであれば、仕方有りません。ですがナナキが戻ってくるまでの間は、代わって私がお側に控えますので」

「ええ、お願いするわ」

フラーニャはホッと一息吐いた。

それから彼女は気を取り直し、ニニムに問いかける。

「それでニニム、ここへは私の無事を確認しにきただけ？」

「いえ、ウェイン殿下からこちらを預かっております」

ニニムが取り出したのは封蠟がされた書簡だ。これを無事に届けたいがために、兄はわざわざニニムという腹心を派遣したのだろう。それだけに書簡の重要性は容易に想像できた。

「……」

しかしそのことを理解しながら、いや理解したからこそ、フラーニャは書簡を受け取るのを一瞬躊躇った。

兄は今回の外遊を自分に一任してくれた。その期待に応《こた》えたかった。それだけに、もしも中に帰国を促す文言があったら、と想像してしまったのだ。

心配する兄の気持ちは解る。けれど最後まで信じて、任せて欲しい。そう思った。

「フラーニャ殿下？」

「……ううん、何でも無いわ。確認するわね」

ニニムの手から書簡を受け取り、中に眼を通す。

そこに記されていたのは想像通り。帰国を促す内容――ではなかった。

驚き、書かれている内容を二度三度と眼を通し、それから彼女は言った。

「……ニニム、ここに書かれてるのをお兄様が思いついたのは、いつの話？」

「ソルジェスト王国にてクーデターが起きた頃のことです」

書簡には、兄として現地で奮起する妹のために、ちょっとした助力をするという内容が記されている。

それは間違いなくフラーニャの助けになるものだ。それどころか、欲しかった後一手そのものと言っていい。

だからこそ、フラーニャは戦慄《せんりつ》を隠せない。

ソルジェストのクーデターが勃発した時点で、兄は、ここまで見越していたというのだから。

「……本当に、さすがお兄様としか言いようがないわ……」

「無論、余計なお世話であれば気にせずともよい、と言付《ことづ》かってもおります」

「いいえ、いいえ、お兄様のお気遣いは無駄にしないわ。これで……ええ、これならいける」

フラーニャの脳裏《のうり》に絵図が浮かび上がる。

それは今この時から、事態の収束までの道筋。

背筋が震えた。これは歓喜の震えだ。あるいは、兄もこの体験をしてきたのだろうか。この何もかも手中に収めたかのような全能感を――

「……えい」

おもむろに、ぺし、とフラーニャは自分の頰《ほお》を叩いた。いけない。この感覚に酔っているようでは足下をすくわれる。兄と違って自分は未熟者なのだ。好機を見つけても慎重に、油断せず、手を伸ばさなくては。

「ニニム、手を貸して頂戴《ちょうだい》。すぐやらなきゃいけないことができたわ」

「はっ。……ですが一体何をされるのです？」

するとフラーニャは、兄ウェインのように、にっと笑った。

「もちろん、悪いことよ」

第六章　器を試される時

「はー、やあっと終わった」

ナトラ王国ウィラーオン宮殿。

その執務室にて書類と向かっていたウェインは、ペンを放り投げて大きく伸びをした。

「仕事が減ったとはいえ、ニニムがいないとやっぱり時間がかかるんだよなあ」

ぼやくウェイン。彼に回る仕事の一部を家臣たちが担うようになったものの、ニニムをフラーニャの下へ送ったおかげで、仕事にかかる時間は差し引きゼロという案配だった。

（……何事もなければ、ニニムはフラーニャの下に到着してる頃か）

書簡を預けて見送った腹心の姿を脳裏《のうり》に浮かべる。

恐らくニニムのことだ。問題なくフラーニャの下へは辿《たど》り着いているだろう。

だからこそ、問題はその後。書簡を受け取ったフラーニャがどうするかになる。

（結果はどうあれ、フラーニャの成長を計るには丁度良い機会になったな）

課せられた苦難を前に敗れるか、あるいは乗り越えるか。

（もしもフラーニャが勝利を摑《つか》んだとしたら、その時は……）

執務室でただ一人、ウェインは物思いに耽《ふけ》る。

その横顔に、獰猛《どうもう》な笑みを浮かべながら。

◆◇◆

結論から言えば、与えられた数日の時間の猶予は、デルーニオの状況改善に一切《いっさい》寄与することはなかった。

逃亡したユアンたちの足取りは摑めず、トルチェイラを翻意させる手段も見つからず、進軍を止めるよう出した伝令も、まず間に合うことはないだろう。

これらの意味するところはただ一つ。

デルーニオ王国の敗北であった。

(おのれ、おのれ、こんなことになろうとは……!)

歯嚙《はが》みするマレイン。

彼が居るのは王宮にある会議場だ。

そこには衛兵とマレインの他に、三人の人間がいた。国王ラウレンス、王女トルチェイラ、福音局局長カルドメリアである。

「それでは、改めまして」

口火を切ったのはカルドメリアだ。

「我がレベティア教は、東レベティア教なるものの宗派を承認しておりません。邪教であるというのが公式な見解です。当然、それに属する人物、組織、国家、その全《すべ》てを許容しません」

カルドメリアは続けた。

「そして今回、デルーニオ王国は東レベティア教と内通し、トルチェイラ王女の王位継承権を大義名分として、ソルジェスト王国へ侵攻しました。これは到底看過できることではありません。……トルチェイラ王女、合っていますね？」

問いを投げると、トルチェイラはさぞ心痛そうな顔で頷《うなず》いた。

「兄上の暴走を知ってすぐに帰国しようとしたところ、無理矢理屋敷に留《とど》められてのう。半ば脅される形で神輿《みこし》にされてしまったのじゃ」

「トルチェイラ王女……！」

マレインが怒りを滲《にじ》ませると、トルチェイラは童女のように身を竦《すく》ませた。

「おお、恐ろしい。あのように凄《すご》まれては、妾《わらわ》のような小娘では頷く他にない。解《わか》ってもらえるな、カルドメリア殿」

「ええ、ええ。もちろん理解いたしますとも」

二人はもはや結託していることを隠そうとすらしない。トルチェイラとカルドメリアの間で、全て話はついているのだ。恐らくは、今後デルーニオをいかに解体するのかまで。

（……これ以上打つ手はない、か）

認めるしかなかった。自分はこの二人に負けたのだ。

しかし、しかしだ。だからといって、終わりではない。

敗北したからこそ、どこまで生き汚くなれるかが、ここから試される。

（できればラウレンスに居て欲しくなかったが……）

マレインは黙り込んでいる主君に目をやる。

あの謁見の間の出来事からずっと部屋に押し込んでいたが、どこからかこの会議を実施することを聞きつけたらしく、ラウレンスは強硬に出席を主張した。

カルドメリアもまた会議にラウレンスの出席を望み、マレインは不承不承ながらラウレンスを引っ張り出すことになった。

（まあ仕方あるまい。恨んでくれるなよ、ラウレンス）

マレインはラウレンスから視線を切ると、トルチェイラたちに向き合う。

「そちらの言い分は理解いたしました」

一拍置いた後、言う。

「その上で――全面的に認めましょう。我が国は、確かに東レベティア教と内通したと」

トルチェイラとカルドメリアの眼差《まなざ》しがにわかに鋭くなった。

マレインがどう言い逃れようと、二人はデルーニオ王国を攻撃するつもりでいた。それだけに、難癖《なんくせ》じみたこちらの主張をマレインが認めるのは予想外だったのだ。

「急に潔《いさぎよ》くなったのう。何か心境の変化でもあったのか？」

「レベティア教の敬虔《けいけん》な信徒として、誠実であろうとしているだけですよ、トルチェイラ王女」

「何を言うかと思えば」

トルチェイラは鼻で笑った。

「東レベティア教に内通したと言ったその口で、自らを敬虔な信徒じゃと？　神の懐《ふところ》の深さを試すにしても、些《いささ》かやりすぎではないか？」

「試すなど！　私は正直に申し上げたまでのこと。その二つは、決して矛盾するものではないのですから」

このマレインの主張に、どういうことか、と不審な顔になるトルチェイラ。

「……ああ、なるほど。そういうことですか」

一足早く意図に気づいたカルドメリアが、小さく笑う。

そんな二人に向かって、マレインは堂々と言い放った。

「我が国が東レベティア教と通じたのは、民が望んだことでも、私が指示したことでもありません。――全ては国王、ラウレンス王が主導したことです！」

会議場にざわめきが走った。それは詰めている衛兵たちのものだ。

しかしその反応も無理からぬ。マレインは今この瞬間、あまりにも真っ直《ま す》ぐに、主君に罪を擦《なす》り付けたのである。

（さあ、ここからだ！）

シリジス失脚後、デルーニオ王国を差配していたのはマレインだ。東レベティア教に接近したのも彼の判断だ。ラウレンスの意向など爪《つめ》の先すら入っていない。国王が主導したというのは全くの嘘《うそ》偽りである。

だが、それがどうした。

「王が決められたことに、どうして臣下たる我らが逆らえましょうか！　しかしこうしてカルドメリア殿が我が国を訪れたことで、ついに王の暴虐に歯止めをかける機会を得ました！　それもこれも、私を筆頭とした民草の真摯《しんし》な祈りが届いたからこそと確信しております！」

後世の歴史家がこぞってバッシングするであろう、完全無欠の責任転嫁。主君の首を差し出して自分は助かろうとする、ドブネズミの戦略。

しかしそれの何が悪いというのか。大事なのは自分の命であり、そのためなら国も主君も切り捨てるのが当然だ。愛国心や忠誠心などというものは、馬鹿《ばか》な人間の掲げる馬鹿げた感傷でしかない。

（ラウレンス、貴様の命を使い潰《つぶ》して私は生き延びるぞ……！）

王は今どのような顔をしているだろう。

顔面蒼白《そうはく》になっているか、あるいは怒りで張り裂けそうになっているか。もしくは話を理解できず唖然《あぜん》としているかもしれない。

愚かな傀儡《かいらい》に対する嘲笑《ちょうしょう》と愉悦、そしてほのかな好奇心からマレインはラウレンスへ眼を向けて、

「……まさか本当にこうなるとは」

予想のどれでもない、落ち着いたラウレンスの反応に、虚を突かれた。

怒りや憎しみをぶつけられるのはもちろん、喚《わめ》き散らすラウレンスを衛兵に取り押さえさせることすら想定していた。

だというのに当のラウレンスは、こちらに眼を向けながらも、マレインではなくその先を見ているかのようだった。

「だとするならばあの話も偽りでは……」

ぽつりとラウレンスが呟《つぶや》く。

その意味を理解できずにいると、会議室の扉が乱暴に開かれ、伝令が飛び込んで来た。

「失礼します！　ただいま戦場より第一報が届きました！」

戦場。ソルジェスト軍とデルーニオ軍の戦いだ。

「ふむ、もはや無意味ではあるが、結果を聞いておこうかのう」

両軍が戦ったという事実が生まれた時点で、トルチェイラにとっては実質勝利なのだ。兄カ

ブラが負けていた方が都合がよくはあるが、勝ったとしてもどうにでもできる自信が彼女にはあった。

「そこの者、我がソルジェスト王国軍はどうなった？」

トルチェイラの問いに、伝令は僅《わず》かに逡巡《しゅんじゅん》した後言った。

「はっ。その、ソルジェスト王国軍は敗走したという報《しら》せです」

「なるほど、やはり勝ったのはデルーニオ王国軍か」

順当なところだ。兄は死んだか捕まったか、どちらであろうなと考えて、

「……いえ、それが、デルーニオ王国軍も将軍が捕縛され、撤退中とのことです」

続く伝令の言葉に、会議室の全員が一瞬動きを止めた。

「……貴様、何を言っておる？」

二つの軍が戦い、争い、どちらかが勝ったのではなく、どちらも敗走。何を馬鹿なと考えて、トルチェイラの脳裏に閃光《せんこう》が走った。

「――――まさか、ナトラが介入したのか⁉」

三カ国同盟の最後の一つ。両国と関係しながらも、この件では傍観者であるはずのナトラが、ここにきて動いたのか。

（ナトラ軍がここまで早く動くとは！　いや、あのウェイン王子ならあり得る。しかし両軍を敗走させるとは、中立を気取ったつもりか？　どっちつかずの態度を取るならば、逆に好機の

可能性もある！　カルドメリアと共謀してナトラに工作を――）

不測の事態を前にしても、高速で思考を巡らせるトルチェイラは、さすがである。まさしく策略家に相応《ふさわ》しい能力を備えているといって過言では無い。

だがこの時、事態は彼女の想像を超えたところにあった。

「いいいえ、ナ、ト、ラ軍ではあ、り、ま、せ、ん」

伝令は自らも信じられぬといった様子で、それを口にした。

「勝ったのは、グ、リ、ュ、エ、ー、ル、王、が、率い、る、軍、で、す」

「――――はあ⁉」

驚愕《きょうがく》が、会議室を駆け抜けた。

◆◇◆

「デルーニオ王国軍とソルジェスト王国軍、両軍あわせて兵数およそ三万弱」

そこはデルーニオとソルジェストの国境地帯。

少し前に両軍がぶつかり、そして今や両軍の姿が消えた場所に、天幕が張られていた。

「対して我が軍は三千弱。兵力差は十倍」

天幕の中には数人の人間がいた。

中でも眼を引くのは、人間離れした巨体の男。

「いやはや、なかなかそそる戦であったな」

ソルジェスト王国前国王、グリュエールその人であった。

「馬鹿な……そんな馬鹿な……」

そんなグリュエールの前。縄をかけられた姿で呻《うめ》くのは、彼の息子であり、そして王位を簒《さん》奪《だつ》したカブラである。さらにその隣にもう一人、縄をかけられた人間が転がされており、それはデルーニオ王国軍の将軍だった。

「そう落ち込むな我が息子よ。私の不意打ちに気づき、対処しようとしたのは悪くなかったぞ。既に混戦となっていたゆえ、間に合わなかったがな」

上機嫌に語るグリュエールに、カブラは怒りを滲ませながら顔を上げた。

「……なぜです、父上！」

「なぜとは？」

「父上は幽閉されていたはず！　いえ、仮にそこから脱出できたとしても、この兵は⁉　国軍は私が抑えていたというのに！」

「そのことか。なあに、親切な友人がいたのよ」

グリュエールの視線が傍《かたわ》らへと向かう。

そこにあったのは二つの人影。

そのうちの一つは、白い髪と赤い瞳《ひとみ》のフラム人。

フラーニャの従者、ナナキだった。

◆◇◆

「――つまり、私を確保しに来たというわけか」

デルーニオ王国とソルジェスト王国の戦いが始まる前のこと。

離宮にて幽閉されていたグリュエールは、予期せぬ来客を前にそう言った。

「なかなか良いところに眼をつけるではないか、ウェイン王子の妹御《いもうとご》は」

グリュエールの前に立つのは、フラーニャに指示されてここを訪れたナナキである。

その目的は、今し方グリュエールが口にした通り、彼の身柄を確保することだ。

『トルチェイラ王女は、不当に奪われた王位を奪い返すという建前《たてまえ》で戦をするつもりよ。けれどこの建前が使えるのは王女だけじゃなく、グリュエール王も同じ。そして簒奪された当人ともなれば、やはり奪い返したがってる可能性が高いわ』

というのが、フラーニャの考えである。

王位奪回の協力をすると持ちかけて、グリュエールを味方に組み込もうというのだ。

もっとも、協力姿勢はただの見せ札でしかない。フラーニャとしては、デルーニオを巻き込もうとしているトルチェイラを妨害するのが第一の目的であり、そのための手札として利用できると考えて、ナナキを派遣したのだ。

しかしながら、提案に対するグリュエールの反応は鈍かった。

「正直に言えば、あまりそそられぬな」

グリュエールは言った。

「せっかくの我が子の兄妹喧嘩《げんか》だ。親として結末を見届けたい気持ちもある。ましてここから逃げたところで、どうせ神輿として担《かつ》がれたまま事態を眺めるばかりであろう？　ここで過ごすのと大差ないのでは、動くだけ億劫《おっくう》だ」

手元にあった果実を一口で食べながら、グリュエールは太鼓のような腹を叩《たた》いた。駆け引きではなく、本当にやる気がなさそうだ。

それでもナナキに焦《あせ》りは無かった。

『グリュエール王は気難しい御方《おかた》と聞いているわ。ただ軟禁先から脱出させるというだけじゃ、頷いてくれない可能性がある。だから、もしもそうなったら――』

脳裏でフラーニャの指示を思い出しながら、ナナキは言った。

「神輿じゃなくて、直接祭りに参加するのならどうだ？」

グリュエールの眉《まゆ》が僅かに動いた。

「三千、兵を用意してある。あんたの言うことを聞く兵だ。あんたの子供がこれを乗り越えられるか、試してみてもいいんじゃないか」

「……ソルジェストとデルーニオの軍は総勢で優に二万は超えるだろう。たった三千の寡兵で、それを相手にしろというのか？」

「できないのか？」

「できるに決まっているだろう」

岩のごときグリュエールの肉体から、目に見えぬ圧力が発せられた。

「いいだろう。些か退屈もしていたところだ。その安い挑発に乗ろうではないか」

「それじゃあ逃げるぞ。準備をしろ」

元国王だろうと構わずぞんざいな指示を出すナナキに、グリュエールは愉快げに肩を揺らしながら最後に問いかけた。

「ところで先に聞いておくが、その三千の兵とはどこの兵だ？」

「マーデンだ」

ナナキは答えた。

「ゼノヴィアの指示で、マーデン兵三千があんたの指揮下に入る」

◆◇◆

そして現在。

マーデン兵を指揮し、グリュエールは見事両軍を打ち破ったのである。

「いやはや、驚いたぞ。まさかマーデンの兵士を指揮する日が来るとはな」

「俺《おれ》も驚いてますよ、グリュエール王」

答えるのはナナキの隣に立つ男。名をボルゲン。マーデンのゼノヴィアに仕える将だ。

「本来はあなた方がよからぬ動きを見せた時、即応するために鍛えていたのですがね」

マーデンはソルジェスト王国と隣接する領地であり、ソルジェストの強さと危険性をこれ以上無いほど痛感している。それゆえに領主のゼノヴィアは日頃《ひごろ》から兵を鍛え、何かあれば即座に動けるよう備えさせていた。

その備えがまさかこのような形で発揮されるとは、誰《だれ》も想像していなかったが。

「兵としての強さはもちろんだが、少数に分かれて身を隠しながら我が下へ駆けつける技量にこそ感心したぞ。おかげで我が息子への不意打ちがしやすかった。解放軍であった時に得た技か？」

「ええ。どこぞの国からの支援がなかったもので、こういう技術ばかり磨かれましてね」

思い切り皮肉を突き刺すが、グリュエールはむしろ愉快げだ。

　ボルゲンは内心で舌打ちしつつ言った。

「俺の方も、陛下の指揮に感心しましたよ。三万弱に突っ込むと言われた時は、射殺《いころ》して逃げるべきかと思いましたがね。いつか貴国と戦う時のために、大いに参考にさせていただきます」

「そなたが頷けば、このまま私に仕える事もできるぞ？」

「ご冗談を」

　すっぱりと断った上でボルゲンは言った。

「それで、これからどうするのです？　両軍の頭は捕らえたわけですが、デルーニオ軍を追撃しますか？」

「いや、都に戻る。私とカブラがいなくなっては、行政が回らなくなるのでな。最低限の勤めを果たさなくては、道楽は堪能できん」

「了解しました。それでは撤収の準備をします」

　ボルゲンが素早く部下に指示を伝えていく中、グリュエールは視線をデルーニオ王国の方角へと向けた。

「さて、残る娘はここからどうするのであろうな――」

◆◇◆

（ふ、ざ、け、お、ってぇぇぇぇぇぇぇ！）

トルチェイラは拳《こぶし》を固く握りしめながら、怨嗟《えんさ》の声を心に発した。

（兄上が父上に敗れたのでは、妾が王位に就く正当性を得られぬ……！）

トルチェイラは女だ。女王の誕生は保守的な民からはそうそう受け入れられない。だからこそ簒奪者カブラを打ち負かすという、華々しい功績が必要だった。それをグリュエールに奪われたのだ。

民は当然グリュエールの王位復帰を望み、グリュエールもまたそれを受け入れるだろう。兄は処刑か、地方で蟄居《ちっきょ》を言い渡されるか。そして自分は元の位置に——いや、外国の介入を招いたことを糾弾《きゅうだん》されれば、兄共々地方送りというのもあり得る。

「その報告、何かの間違いではないのか……!?」

「私も何度も確認いたしました。ですが両軍が敗走し、グリュエール王が勝利したというのは事実であると！」

苦《くる》し紛《まぎ》れの問いもあえなく打ち砕かれる。

一体どこから兵を引っ張ってきたのかは解らないが、何にしても、自分の計画は破綻した。

これは認める他に無い。

ただし、破綻したのは片方だけだ。

（よかろう！　王位争奪戦で妾は負けた！　だが、デルーニオは逃がさぬ！）

トルチェイラは心を猛《たけ》らせながら、素早く思考を切り替える。

「……些か予想外の事が起きたが、父上が無事というのは妾にとって朗報じゃ」

苦渋を押し殺しながらトルチェイラは言った。

「しかし、だからといってデルーニオ王国が東レベティア教に与《くみ》し、我が国を攻撃したことに変わりはない。そうであろう？　カルドメリア殿」

「仰《おっしゃ》る通りです」

カルドメリアはにこやかに言った。

「マレイン卿《きょう》、貴方は先ほど口にしましたね、全てを主導したのはラウレンス王であると」

「え、ええ。その通りです」

マレインは慌てて頷いた。戦地の状況も驚いたが、それ以上に彼の意識は先ほどからラウレンスに注《そそ》がれていた。部下に罪を擦り付けられながら、なお不気味に沈黙しているこの主君に。

「ラウレンス王、それは事実ですか？」

ラウレンスへの問いかけに、マレインは慌てて割って入った。

「カルドメリア殿、私は本当であると」

「私はラウレンス王にお尋ねしています」

マレインをぴしゃりと撥《は》ねのけ、カルドメリアはラウレンスを見やる。

「……」

ラウレンスが俯《うつむ》き気味だった顔を上げた。

次に彼はゆっくりと、マレイン、トルチェイラ、カルドメリアの順に視線を滑らせ、こみ上げる緊張を打ち消すように大きく深呼吸をして、

「いいや、そのような事実はない」

端的に、しかしハッキリと否定した。

「……陛下！　今更そのような言い逃れをしても無意味！　王として責任を取られますよう！」

マレインは厚顔無恥も甚だしいことを口にする。

王と宰相の責任の擦り付けあいに、カルドメリアは失笑を漏《も》らしそうになるが、

「何を勘違いしている」

ラウレンスの強い声が、その笑いを切り捨てる。

「事実ではないと言ったのは、私が主導したという点に対してではない」

一同が怪訝《けげん》な顔になる。そこに渾身《こんしん》の力を込めて、ラウレンスは言葉をぶつけた。

「そも、我が国が東レベティア教に与したというのが、誤解なのだ」

ざわめきが会議室に広まった。

そもそも発端は、デルーニオ王国が東レベティア教に接近していたこと。カルドメリアはそこを隙《すき》とみて糾弾したのだ。ならばなるほど、その前提を覆すことができれば、デルーニオは

「それが間違いであると？」

「デルーニオ王国が東レベティア教と接近していることは、我々の方で調査ずみです。貴方は

いような、凄みのある視線をラウレンスに向けた。

無論、カルドメリアはデルーニオを逃がすつもりなどない。心の弱い者ならば卒倒しかねな

「……ラウレンス王、本気で仰っていますか？」

逃げ切ることができる。

「その通りだ」

手を緊張で小刻みに震わせながら、それでもラウレンスは怯《ひる》まず言った。

「そのための証拠も用意してある。――入れ」

ラウレンスは部屋の扉に向かって声を投げた。

全員の視線が扉へ注がれ、呼応するように扉が開く。

「――ラウレンス王のお招きにより、参上致しました」

そして現れたのは、数人の人影。

筆頭に立つのは、一人の少女。

「フラーニャ・エルク・アルバレスト。ただ今より、この会議に参加させていただきます」

それは会議が開かれる前日のこと。

ラウレンスは一人、薄暗い私室にて呪詛《じゅそ》を吐き出していた。

「おのれ、おのれ、何だというのだ……！」

脳裏にあるのは先の謁見の間で起きた出来事だ。

言いがかりをつけてデルーニオを貶《おとし》めようとするカルドメリア。

その片棒を担ぐトルチェイラ。

そして自分を蔑《ないがし》ろにするマレイン。

各々の顔を浮かべる度に、腹の底から憤怒《ふんぬ》の感情が湧《わ》き上がる。あの憎らしい三人をどうしてくれよう。いっそこの手で引き裂いてやろうか。そうだ、自分はこの国の王なのだ。それぐらい簡単に――

「……」

しかしそこまで考えて、怒りは萎《しぼ》むように消えていく。

ラウレンスが見つめるのは部屋の扉だ。

その外には数人の衛兵が立っている。彼らはラウレンスが外へ出ようとすると押し止《とど》め、部屋へと戻す役割を負っている。ラウレンスが何を言おうとも変わらない。なぜなら彼らが従うのはラウレンスではなくマレインだからだ。

「なにが、引き裂いてくれようだ……」

思わず自嘲《じちょう》の言葉が漏れる。数人の衛兵すら御せず、部屋に閉じ込められているこの姿。どんなに怒り狂おうとも、それがラウレンスの現実なのだ。

「こんなものが、王の姿か……」

部屋に軟禁されてもう何日になるだろうか。

外の情報はまるで入ってこない。ソルジェスト王国との戦いは、カルドメリアとの話し合いは、一体どうなっているのだろう。気がかりだけが増していく。

もっとも、知ったところで出来ることなど何もないことも解っている。シリジスが実権を握っていた頃から、自分はずっと傀儡だった。そこに不満はあっても、奪い取ろうなどという気概は持っていなかった。

だからシリジスが失脚した後も傀儡のままだったのは必然だ。傀儡であることに甘んじていた人間が、急に権力を明け渡されたところで、国を導けるはずもないのだ。

ただそれでも、変わろうと、変わりたいとはずっと思っていて――

「……？」

不意に、頬《ほお》にそよ風を感じて、ラウレンスは顔を上げた。

窓は閉まっているはずだ。どこからか、と彼は周りを見渡して、気づく。部屋の中に、いつの間にか自分以外の人影があることに。

「だっ……！」

「お静かに、陛下」

思わずあげそうになった驚愕の叫びを押し止めたのは、聞き慣れた声だった。そして改めて人影の輪郭を見て、ラウレンスは更なる驚きを得る。

「し、シリジス……!?」

「お久しぶりです、陛下」

恭《うやうや》しく頭を垂れたのは、間違いなく前デルーニオ王国宰相シリジスだった。

「な、なぜ、どうやってここに……」

「お教えしていませんでしたが、ここは万が一に備えて脱出するための隠し通路になっているのですよ」

シリジスが示したのは己《おのれ》の背後だ。本来ならば壁があるはずのそこに、秘密の通路への出入り口が開いていた。

「ユアンから陛下のお部屋は変わっていないと聞いていましたので、助かりました。……それでも今の私には、些か重労働でしたが」

その言葉でラウレンスはシリジスの顔色が良くないことに気づく。額から滲む脂汗は、肉体が訴える苦痛を押し殺してのものか。

「シリジス、そなたケガを……」

「陛下、私のことなど気にされている場合ではございません」

シリジスは言った。

「単刀直入に申し上げます。……このままだと陛下は此度《こたび》の全責任をマレインより負わされ、王位を失うことになります」

「っ……！」

ラウレンスは息を呑《の》んだ。

「トルチェイラ王女とカルドメリア卿の策謀により、デルーニオは追い込まれました。マレインにここから逆転する術はないでしょう。ならばあやつは保身のために、陛下の首をレベティア教に差し出すはずです」

「ば、馬鹿な！　この国の政治は全てマレインが行っているのだぞ！　まして私はこの国の王だ！　そ、その王の首を差し出すなど！」

「存じております。しかしマレインはそのような事情を斟酌《しんしゃく》しないでしょう。そして陛下は王であるがゆえに、この国に起きた全ての責任を背負えるお立場なのです」

ラウレンスの顔が苦悶《くもん》に歪《ゆが》んだ。

反射的に口を開き、反論を言おうとして、しかし言葉をひねり出すことなく閉じる。ラウレンスも薄々解っていたのだ。今のデルーニオはそうしなくてはならないほど苦境にあり、そしてマレインならばそうするであろうことを。

「何なのだ、これは……どうしてこんなことになったのだ！」

ラウレンスの声は悲鳴じみていた。そしてその涙目の眼差しが、シリジスへと向かう。

「シリジス、お前だ！　お前が全て悪いのだ！　お前が宰相になったせいで！　お前がいなくなったせいで！」

握り固められた拳が振り上げられる。シリジスは一瞬怯んだが、体に力を込めてその場に留まった。この拳は受けねばならない。その責任が自分にはある。そう彼は痛感していた。

しかしそんなシリジスの覚悟に対して、拳が振りおろされることはなかった。

「……違う、解っている。そなたではない」

ラウレンスはゆっくりと腕を下ろす。その横顔は苦悩で溺《おぼ》れそうだった。

「私が悪いのだ。変わる機会はいくらでもあった。心ある家臣もいたはずだ。それでも私が何もしなかったのだ。難しいこと、辛《つら》いことから逃げて、楽な方へと……」

ラウレンスは両手で顔を覆《おお》って嘆いた。

「私はどうしてこうなのだ。こんな手遅れになってから後悔しても、意味がないというのに」

「……」

シリジスは何も言えなかった。自分にはもはやこの方の苦悩、苦痛、懊悩《おうのう》を前に、心に寄り添った声をかける権利すらないのだと感じた。

ゆえに今この時、ラウレンスの心を救えるとしたら、

「意味なら、あります」

声はシリジスの背後から。

驚いたラウレンスの眼に映ったのは、一人の少女。

「ふ、フラーニャ王女……!?」

ナトラの王女フラーニャが、そこに立っていた。

「ラウレンス陛下、手遅れになってなどいません。デルーニオ王国が苦境にあるのは事実ですが、ここから挽回《ばんかい》はできます」

「な、なにを急に、そんな馬鹿なことが」

「いいえ、陛下。フラーニャ殿下の仰ることは本当です」

シリジスが付け加える。

「今宵《こよい》ここを訪れたのも、その逆転の道筋をご提案するためです」

「何だと？　い、いやしかし」

戸惑い、不信、疑念、様々な感情がラウレンスの心をよぎる。

それを押しのけるようにして、フラーニャは前に踏み出した。

「陛下、変わりたいというお気持ちに偽りはありませんか？」

「……っ」

目の前に居るのは遥《はる》か年下の少女。

だというのにそこにラウレンスは確かな凄みを感じた。

「変わりたいのであれば、ここで変わりましょう。まずはご自身に、変わらないままでいようとする自分自身に打ち勝つのです」

フラーニャは言った。厳しく、それでいて慈しむような声だった。

「私も以前は自らの力のなさを嘆き、もどかしく思っていました。そしてそれを解消するには、自らの意志で踏み出し、力を付ける他にないのです」

ラウレンスの喉《のど》がごくりと鳴った。

少女の瞳に、人を騙《だま》し唆《そそのか》す、悪魔のような気配はなかった。

ただ真っ直ぐで力強いそれは、さながら暗闇《くらやみ》の荒野に浮かぶ灯火《ともしび》のようだった。

「私は……変われるのか？」

思わず口を突いて出た言葉に、フラーニャは笑顔を浮かべた。

「そのための一歩が今この時です。——さあ、お手を」

フラーニャが手を差し出す。

ラウレンスは躊躇《ためら》い、迷い、悩み——その果てに、少女の手を握り返した。

◆◇◆

「フラーニャ王女……!?」

トルチェイラとマレインが驚愕に目を見開いた。

ナトラ王国王女フラーニャ。

式典に招待された賓客《ひんきゃく》であり、そしてこの件の部外者であるはずの彼女が、なぜここにいるのか。前日に行われたラウレンスとフラーニャらの密会を知らない二人には、まるで理解の範《はん》疇《ちゅう》外だった。

しかし驚くのはまだ早い。彼女の背後にいる人物を見て、マレインは叫んだ。

「シリジス……それに、ユアン!?」

デルーニオ王国元宰相シリジス。

そして逃亡して姿を眩《くら》ませたはずの東レベティア教のユアン。この二人がフラーニャに付き従って部屋へと踏み入ってきたのだ。

「これは一体……いや、そんなことはどうでもいい！　衛兵！　その男を捕らえよ！　東レベティア教という邪教を我が国にもたらした張本人だ！」

マレインに命じられ、衛兵たちは慌てて動き出そうとして、

「静まれ！」

シリジスの一喝が、彼らの動きを制した。

「ラウレンス王のお言葉を聞いていなかったのか。デルーニオ王国が東レベティア教に与した

などというのは、全くの虚報である！　この者を捕らえる理由などありはせん！」

衛兵たちは顔を見合わせる。宰相の命令。王の主張。元宰相の言葉。どれに従えばいいのかで彼らは躊躇った。

「……まさかとは思いますが」

そこで言葉を紡《つむ》いだのはカルドメリアだ。

「ナトラが彼らは東レベティア教の人間ではないと証言するから、受け入れろと？」

ユアンたちを東レベティア教の人間であると主張するレベティア教。

逆に東レベティア教の人間ではないと主張するデルーニオ王国。

どちらが事実なのかはこの際問題にならない。どちらの政治力が上回るかのパワーゲームであり、このデルーニオ側の意見にナトラも乗りかかってパワーを増やそうというのだ。

だが、

「足りませんね」

カルドメリアは一蹴した。

「ナトラ一国が違うと主張しようとも、我がレベティア教は受け入れません」

落ち目のデルーニオの政治力は低い。そしてナトラもまた、飛ぶ鳥を落とす勢いで躍進してはいるが、大国とまでは言いがたい。レベティア教と微妙に距離を取っているのも問題だ。この二国が手を取り合っても、レベティア教に意見を翻《ひるがえ》させるには届かない。

「では、ナトラ以外も違うと言ったらどうでしょうか？」

言葉を発したフラーニャに、その場の全員が注目した。

視線を一身に浴びながら彼女が取り出すのは、一通の書簡だ。

「この書簡には、デルーニオ王国において東レベティア教と目されている人々が、東レベティア教の人間ではなく、自分の国から派遣された人間であると保証する、と書かれています。その保証人の名は――」

フラーニャは皆に見えるように書簡をかざした。

記されている内容は今まさにフラーニャが語った通りのものであり、その末尾に刻まれた名前を見て、全員が驚愕する。

「ファルカッソ王国、ミロスラフ王子――⁉」

◆◇◆

それは、デルーニオ王国とソルジェスト王国の戦端が開かれる前のこと。

大陸南端。さらに南にあるパトゥーラ諸島を除けば、最も温暖な地域にあるのがここ、ファルカッソ王国だ。

地政学上常に帝国の脅威に晒《さら》されており、帝国と弓矛《ゆみほこ》を交えたことは一度や二度ではない。気候が関係しているのか、大らかな人が多いと言われているこの国だが、帝国に関していえば国民の大半が敵国という見解で一致していた。

「まさか、その我が国に帝国の皇族を招く日が来るとはな」

「私も使者として訪れる日が来るとは思っていませんでしたよ」

ファルカッソ王国王宮。

その一室にて向かい合うのは一組の男女。

ファルカッソ王国王子ミロスラフと、アースワルド帝国皇女ロウェルミナである。

「それにしても暖かで良い国ですねぇ。北のナトラとは大違いです」

「影が凍り付くとまで言われているあの国か。冬になれば見事な銀世界が広がるそうだが」

「あれはなかなか見応えがありますよ。そのために寒さに耐える必要があるので、あまりオススメはできませんが」

「体の頑丈さには自信があるのでな、そこは大丈夫だろう」

ミロスラフは唇を歪めた。

「もっとも、文化も教養も無い隣国が暴《あば》れている限りは、そうそう国元を離れられないがな」

「まあ、そんな恐ろしい国が近くに？　でしたら我が帝国の一部となるのはどうでしょう。哀れな小国の悩みから解放されますよ」

　ロウェルミナとミロスラフは笑い合った。二人の目は一切笑っていなかった。

「美しい女性と楽しい一時を過ごすことは人生の華だが、残念ながら時間は有限だ。そろそろ本題に入ろうではないか」

「せっかちな男性は嫌われますよ？」

「知った上で言っている」

「次に会う時までに、ミロスラフ王子が女心を学ばれるのを期待しておきましょう」

　ロウェルミナは言った。

「今回会見を申し込んだ理由はシンプルです。私は王子を手助けしにまいりました」

「ほう、これほど信じられん言葉を聞いたのは去年以来だ」

「おやまあ去年はどこで？」

「選聖会議のウェイン王子だ」

　ロウェルミナは微妙な顔になった。

　こほん、と咳払《せきばら》いして気を取り直す。

「今、ファルカッソ王国は去年から続く食糧難と、それに伴う東レベティア教の拡大に手を焼いている。そうですね？」

「……」

ミロスラフは否定も肯定もしなかった。ロウェルミナは構わず続けた。

「これを解決するために、私は二つの提案を用意しました。一つは帝国からの食糧の輸出です」

「……待て、本気か？」

「ええ。帝国が誇る大穀倉地帯。その権益の一部を握っている者が私の派閥におりますので、そこから融通することは可能です」

「だが国民感情が許さないはずだ」

何もファルカッソが一方的に帝国を嫌っているわけではない。帝国もまた、何度も争ったファルカッソを憎たらしく思っている。

するとロウェルミナは当然のように言った。

「仰る通り、ファルカッソに食糧を売れば帝国民は大いに反発することでしょう。ですが、売るのが友好国ならば話は別です」

言葉の意味するところに、ミロスラフはすぐさま感づいた。

「……貴様、まさか」

「たとえばそう、パトゥーラ諸島！　つい先日私のお手柄で……私のお・手・柄・で！　友好国となったあの国が相手ならば、帝国民も問題視しないでしょう。そしてかの国がたまたま多

く食糧を仕入れすぎたので、別の国に再度輸出したとしても、それは帝国が関知することではありません」

すなわち、パトゥーラ諸島を経由《ロンダリング》して食糧を支援する。言外にそう告げるロウェルミナにミロスラフは唸《うな》った。確かにこの方法ならば、実行は可能だろう。

「提案はもう一つあります。この地で活動している東レベティア教、厄介ですよね？　困りものですよね？　ですがいくら弾圧しても、彼らは蜘蛛《くも》の子を散らすように逃げ、時間が経《た》てば戻ってくるものです。――それなら逆に、東レベティア教が活動して良い区域を制定して、居所を限定するのはどうでしょう？」

「馬鹿な！　レベティア教は東レベティア教を承認していないのだぞ⁉」

「存じていますとも。なのであくまで非公式の区分けです。ミロスラフ王子に立場があるのは東レベティア教も承知の上。非公式の活動区域を約束してくれるのなら、それを遵守するという言質《げんち》は東レベティア教側から得ています」

ロウェルミナはにっこりと笑った。

「そういうわけでミロスラフ王子、この提案に乗れば食糧難も解決しますし宗教問題も解決しますしでまあお得！　こんなの逃す手はありませんね」

ふざけた物言いだが、提案が魅力的なのは間違いなかった。

しかしそれだけに、ミロスラフの警戒心は跳ね上がる。

「……何が望みだ」

「望みだなんて、私はただミロスラフ王子の窮状に手助けをしようと」

「寝言は要らん。言え。俺に何をしろという」

ミロスラフに凄まれたロウェルミナは、仕方ないとばかりに答えた。

「殴ってくれませんか？　私の兄二人」

「……バルドロッシュ軍とマンフレッド軍か」

ファルカッソ王国から少しばかり離れた場所で、この二つの軍が対峙《たいじ》していることは、当然ミロスラフも承知している。

「あの両軍、ポーズだけで戦う気がないんですよ。現場も気づいて士気は低くなっています。今なら不意打ちで相当ダメージを与えられるでしょうね」

「不意打ちなど、向こうがこちらを意識していれば不可能だ」

「してませんよ。意識」

ロウェルミナは言った。

「兄たちはファルカッソは動かないと高を括《くく》ってます。食糧難、宗教問題、そして何より偉大な先代国王から代替わりの途中という点。有り体に言えば――貴方はナメられている」

「……」

ミロスラフの背中から怒気が立ち上るのをロウェルミナは見た。

しかしこれはロウェルミナに対してではない。自らの不甲斐《ふがい》なさへの怒り。すなわち彼も理解しているのだ。侮られないだけの実績が自分には無いと。

「私の兄たちを殴れば、手に入りますよ。実績」

ロウェルミナは甘く囁《ささや》いた。

「大義名分はそうですね、あの両軍が対峙しているのはポーズで、本当はファルカッソに攻め入る準備をしているため、先んじてこちらから攻撃をする、とかはどうでしょう。ポーズなのは事実ですし、帝国がこれまでファルカッソを攻撃してきた事実を思えば、攻め入る準備というのもあり得そうな話でしょう」

それはまるで歌のように滑らかで、悪辣《あくらつ》な語り口だ。

「憎い帝国を攻撃して痛手を与えれば、国民は貴方に喝采《かっさい》を上げる。帝国も貴方を強敵と認識するでしょう。西側諸国での発言力も増すはずです。そしてバルドロッシュ軍とマンフレッド軍を攻撃する際に、待機している帝国軍本隊が動かないことは、私の名において保証します」

「……」

人の弱いところ、欲しいものを的確に突いてくるそれは、まさに悪魔の囁きだ。

一体どのような人生を送れば、このような人間が出来上がるのか。ウェイン王子に勝るとも劣らぬ危険な女だとミロスラフは思った。

だが、危険だと解っていながらも、その手を取らざるをえない。

「……敵国に食料を売り、さらに国内に攻め入るのを要求するとはな。売国奴というのは、きっと貴様のような人間のことを言うのだろう」

ミロスラフは手を差し出した。

「私が売国奴で終わるか、先を見据えた愛国者になるかは、後の歴史が語るでしょう。ですが私見を述べるのであれば――私ほど帝国を愛している人間は、そうはいませんよ」

ロウェルミナも手を差し出した。

両者は固く手を握り、ここに密約は成立した。

「……ああそうだ、最後に一つお願いが」

思い出したように切り出したロウェルミナに、ミロスラフは眉根《まゆね》を寄せる。

「東レベティア教の人間は西のデルーニオ王国でも活動しているのですが、どうも彼らの立場が危ういようなのです。そこで彼らはファルカッソ王国民で、ミロスラフ王子が派遣した人間であると保証してもらえないでしょうか」

「……何だそれは？　何故《なにゆえ》そのようなことをしなくてはならん」

ミロスラフの怪訝はもっともだ。ロウェルミナもそう思う。しかしこれこそウェインの書簡にあった条件なのだ。

「これはミロスラフ王子のためでもあります。東レベティア教が西側で本格的に活動し始めたとなれば、レベティア教も黙ってはいないでしょう。西側諸国全体で排斥運動が行われてもおかしくありません。そうなれば、せっかく東レベティア教を指定区域に押し込む政策が、破綻しかねませんよ？」

「ぬっ……」

排斥運動が行われれば、ファルカッソ王国もそれにならう他にない。

しかし人というのはどんなに排除しようとしても、排除しきれるものではないのだ。特にファルカッソは東側と面している国。どうあっても不特定多数の人間は流入する。そして西側から排斥された東レベティア教の人間は、より強い決意を胸に、ファルカッソ王国で活動しようとするだろう。

「お互い見て見ぬ振りをするための、今しばらくの時間稼ぎです。どうですか？」

「……いいだろう。だが、あくまで身分を保証するだけだ」

「十分です。感謝いたします、ミロスラフ王子」

無事にウェインの条件を達成できたことに、ロウェルミナは内心で安堵《あんど》する。

（後は書いてもらった証明書を送るだけですね。……しかし、これで一体何をどうするのやら）

想像もつかないが、きっと誰かを憤激させるためだろう。

そんな確信を抱きながら、ロウェルミナは遠くの友人に思いを馳《は》せた。

◆◇◆

そして現在。

「……そんなことがあり得るものか！」

まさにトルチェイラは憤激の極《きわ》みにあった。

「なぜファルカッソがここで出張ってくる!?　そんなものは偽書《ぎしょ》であろう！」

彼女の反応は決して過剰ではない。事情を知らない者からすれば、ここでファルカッソ王国が登場することは、あまりにも唐突すぎる。

「……ですが、この筆跡は本物ですね」

そんな中で冷静さを保っているのはカルドメリアだ。

福音局局長として多くの書簡に携わってきた彼女は、ミロスラフの筆跡も記憶していた。

「……っ！　では、認めるというのか!?　奴《やつ》らが東レベティア教の人間ではないと！」

トルチェイラにとってそれは決して許容できないことだ。

東レベティア教とデルーニオ王国が関係しているからこそ、そこに隙を見出せた。しかしこれが無関係となれば、デルーニオを糾弾する弾が無い。ソルジェスト王国王位がグリュエールに奪われた今、デルーニオも逃がすことは彼女の完全敗北を意味していた。

「ユアン、と言いましたね」

カルドメリアの視線が宣教師ユアンへと向かう。

「これに書かれていることは事実ですか？」

「はい。私たちは東レベティア教の人間ではありません。全員がミロスラフ王子より遣わされた、ファルカッソ王国の人間です」

恭しく頭を下げながら、全くの嘘偽りをユアンは答える。

その際、横目でフラーニャが辛そうな顔をしていることに気づき、小さく微笑《ほほえ》みかけた。

（……大丈夫ですよ、フラーニャ王女）


この作戦を実行する前に、ユアンはフラーニャにこう言われた。

『ユアン、この計画を動かすにあたって、貴方には自分の信仰を偽ってもらう必要があるわ。それは平気？』

『もちろん大丈夫です。それが必要なことであれば』

『……私は敬虔な人間ではないけれど、敬虔であろうとしている人にとって、信じているものを偽ることが、決して気軽にできることではないと知っているわ。もしも貴方が偽ることを辛いと感じるのなら、その時は別の方法を考えるから遠慮しないでね――』

大丈夫であると口にしたことは虚勢ではない。これが東レベティア教のためになると思えば、何ら恥じ入ることもない。

しかしそれはそれとして、フラーニャの気遣いはユアンの心に染《し》み入《い》った。

（私とて敬虔とは言いがたい人間だが……今この時、フラーニャ王女に協力することが神の御《み》心《こころ》に沿うであろうことは、確信できる）

だからこそ偽りきってみせよう。この大舞台で。

「不審に思われるのであれば、本国に確認してくださっても構いません。私たちは選聖侯ミロスラフ王子にお仕えする、敬虔なレベティア教徒です」

選聖侯の名を持ちだしたことで、ユアンの言葉に圧力が生まれる。

レベティア教において選聖侯は特別な存在だ。これを蔑ろにすることは、レベティア教そのものを蔑ろにすることに等しい。

「……さて、これは困りましたね」

カルドメリアが悩ましげに呟いた。

デルーニオだけならば問題なく押しつぶせる。ナトラが加わっても、押し切れよう。しかしここにファルカッソ王国まで加勢するとなれば、話は変わる。

選聖侯ミロスラフが身分を保証するとしている相手を、東レベティア教の人間として断じれば、それはミロスラフに手袋を投げつけるも同然の行為。ファルカッソ王国が対帝国の最前線であることも思えば、彼の機嫌を損ねることは避けるのが常道だ。

（まあ、だからこそやってみても良いのですが）

どうやってミロスラフを巻き込んだのかは定かではないが、十中八九、こちらが強く踏み込めばミロスラフは手を引くだろう。もしも手を引かなかった場合は大惨事が起こるだろうが、それはそれで楽しめるはずだ。

（……ですが、今回の私はあくまでも脇役《わきやく》。既に代価は頂いていますし、ここはあの子にお任せしましょうか）

心の中で結論を出すと、カルドメリアは視線をトルチェイラへ向けた。

「トルチェイラ王女、私はこの書が本物であり、ユアンの証言を偽りないものであると考えます。貴女《あなた》はどうですか？」

「なっ……！」

すなわち、トルチェイラ自身がここから巻き返さない限り、レベティア教は手を引く。カルドメリアはそう告げていた。

「こんな馬鹿げた話をレベティア教は認めると言うのか……！」

「言葉がすぎますよ、トルチェイラ王女。選聖侯直筆の証明書を馬鹿げたものと一蹴するのであれば、当然相応の反論をして頂きませんと」

「ぐっ、く……！」

血が滲みそうなほどにトルチェイラは歯を嚙《か》みしめる。

計画は順調だった。あと一歩でソルジェスト王国を手にし、解体されるデルーニオ王国の利

権の一部も手に入った。それがこの土壇場で、失われようとしている。

「……ならば！　ならば何のために東レベティア教の人間と偽った⁉」

トルチェイラはユアンに向かって叫んだ。

「式典の時に妾は聞いたぞ。そなたが東レベティア教の人間と名乗ったことを！　これは他にも多くの者が証言するじゃろう！　そなたがミロスラフ王子に仕えるのであれば、なぜ東レベティア教の人間と名乗る必要がある⁉」

事実を嘘で覆い隠そうとしても、完全に隠しきれるわけではない。トルチェイラは過去との矛盾を瑕疵《かし》と見いだし、攻め立てる。

しかしその行為すらも、フラーニャの予想内だ。

「それはもちろん、デルーニオ王国の病巣を排除するためよ」

フラーニャの言葉にトルチェイラは目を見開く。

そんな彼女を横目に、フラーニャは演説するかのように声を張り上げた。

「ラウレンス王はかねてより、デルーニオ王国には己の野心のために国を、民を、レベティア教を蔑ろにする人間がいると考えていたわ。そこで王はミロスラフ王子より人を派遣してもらい、それを東レベティア教の人間として扱ったのよ。——野心に溺れ、暴走するであろう人物をあぶり出すために！」

そしてフラーニャは高らかにその名を口にする。

「そうでしょう？　宰相マレイン！」

「なっ……!?」

マレインの顔に戦慄《せんりつ》が走った。

フラーニャは畳みかける。

「貴方はそうと知らずにユアンに接触した！　相手が東レベティア教と名乗っても臆面《おくめん》もなく資金援助を受け取り、享楽《きょうらく》に耽った！　さらに隣国ソルジェストの騒乱に乗じてトルチェイラ王女を担ぎ、止めようとしたラウレンス王の奮闘も虚しく、自らの野心に従って同盟国に侵略行為まで働いた！　貴方のやったことは国家、国民、宗教、全てに対する背信よ！」

「ち、違う！　私は、そんな！」

「もちろん！　どんな理由があろうとも、デルーニオ王国がソルジェスト王国に攻め入ったことは事実！　相応の賠償は必要になるでしょう！　けれどナトラはその仲介をする意志があり、グリュエール王からも会談に応じる同意は得ているわ！　全ての元凶たるマレインを適正に処断するのならば、と！」

ブラフだ。グリュエールから了承はまだ得ていない。

しかし今この時、それを確認する術はこの場に居る誰も持たない。そしてフラーニャの発言は、マレインの首を差し出せば、事態が丸く収まることを示している。

これもパワーゲームだ。国内だけならば、ラウレンスがいくらマレインを糾弾したところで、実権を持たない以上は相手にされないだろう。しかし外国のナトラとソルジェストがラウレンスに肩入れし、マレインを原因とするのならば、天秤《てんびん》はラウレンス側に傾かざるをえない。

「……衛兵！」

その時、シリジスが声を張り上げた。

「フラーニャ殿下が仰った通りだ！　此度の動乱は全てマレインが招いたこと！　今すぐに奴を引っ捕らえよ！」

「ば、馬鹿な！」

マレインの叫びが響く。

「シリジス！　貴様、何の権利があって私を！　私はデルーニオ王国宰相だぞ!?」

「……いいや、もう宰相ではない」

ラウレンスの重い言葉に、マレインの喉から悲鳴が漏れた。

「マレイン、今この時をもって、お前を宰相職から解任する。もはやお前は何の権利も持たないただの罪人だ」

「お、お待ちください陛下！　私は……いえ、先ほどのは違うのです！　決して貴方に罪を着せようとしたわけでは！」

言い募るマレインだったが、そこに衛兵が駆け寄り、その両腕を掴んだ。

「やめろ！　は、離せ！　くそ、こんな、こんなことが許されていいのか！　他人に責任を擦り付けるなど、恥を知れ！　ラウレンス！　シリジス！」

「……連れて行け」

ラウレンスの命を受け、暴れるマレインは衛兵たちによって引きずり出されていった。

その怨嗟の声は部屋を出てもなお途切れることはなく、会議室の扉が閉じられることで、ようやく静寂が戻ってきた。

「……見苦しいところをお見せした」

「いいえ、なかなか愉快な演《だ》し物でしたよ」

カルドメリアはくすくす笑いながら言った。

「そちらの言い分は理解いたしました。随分と迂遠《うえん》なことをされたようですが……ふふ、多くの人が関《かか》わる国政ともなれば、時にはそういうこともあるでしょうね」

カルドメリアの言葉は、デルーニオ王国側の主張を全面的に受け入れる、ということだ。

そうなれば残るは一人。

「トルチェイラ王女、貴方はどうです？」

「……」

水を向けられたトルチェイラは、しかしすぐには口を開かなかった。

（フラーニャ……こやつを侮ったのが敗因なのか……）

トルチェイラはグリュエールがいかにして脱出し、兵を率いて両軍を打ち破ったか知りえない。しかし先ほどの言動からしても、フラーニャが一枚噛んでいることは確信していた。

しかしそれでも足りないはずだ。彼女一人だけならば、まだ戦えたはずだ。

トルチェイラは直感する。ここに至るまでにもう一人、暗躍していた人間がいると。

（……あやつが式典に来なかったことを妾は惜しんだ。同時に心のどこかで安堵もした！　これで妾の計画を邪魔する脅威は居ないのだと！）

しかしそれが誤りだった。

策謀を巡らせるのであれば、あの希代の天才を、一瞬たりとも忘れてはならなかったのだ。

（国から動かずして、妾の計画を突き崩すか、ウェイン・サレマ・アルバレスト……！）

悔しい。悔しい。悔しい。

しかしどれほど悔やんでも結果は覆せない。

自分は戦いを挑み、そして敗北したのだ。

「……受け入れよう。そちらの言い分を」

トルチェイラの小さな呟きは、静かな会議室の中、全員の耳にしっかりと届いた。

かくしてデルーニオ王国を巡る謀略の渦は、ここに決着を迎えた。

エピローグ

帝都グランツラール皇宮。

その執務室にて、ロウェルミナはぐったりとソファに寝そべっていた。

「だるーん」

さながら野生を失った獣がごとき様相で、愛嬌《あいきょう》はあるが威厳は一切《いっさい》ない。そんな主君の姿に、傍《かたわ》らに立つフィシュはため息を吐いた。

「殿下、もう少しシャキッとしてください」

「だめでーす。今の私はお疲れモードでーす」

駄々《だだ》っ子のように応じるロウェルミナ。いつもなら小言の二つや三つを突き刺して、どうにか背筋を伸ばさせるところだが、今回に限っていえばフィシュの舌鋒《ぜっぽう》は鈍かった。

というのも、だらけるのも無理からぬほど、ここしばらくのロウェルミナは忙しかった。

ミロスラフ王子との秘密会談、東レベティア教の人間と接見、食糧輸出の手配、兄皇子たちによる各地動乱の沈静化と、休む暇どころか息つく暇すら稀《まれ》という有様《ありさま》だ。

特に重かったのがミロスラフとの秘密会談だろう。兄たちに気取られぬようにと、慣れぬ海路でファルカッソへ赴いたのもあるが、そもそもが敵地だ。公式な場でもないため、「よく来たな。暗殺うりゃー」「ぐえー」となる可能性とてあった。疲労が心身に溜《た》まるのも無理からぬところである。

もちろんその甲斐あって、ロウェルミナの策略は実を結んだが。

「殿下、お気持ちは解《わか》りますが、動くのであれば今こそ好機でしょう。先の戦の報告が来ましたが、両皇子はかなりの痛手を被ったようです」

そう言ってフィシュが差し出した書類を、ロウェルミナは気怠《けだる》げに受け取ると、これまた面倒そうに眼を通した。

「んーむむ……大筋は聞いていましたが、これはこれは」

秘密会談にてロウェルミナが唆《そそのか》した通り、ミロスラフは軍を率いて対峙《たいじ》しているバルドロッシュ軍、マンフレッド軍に攻撃を仕掛けた。

来るはずのない敵軍に両軍は浮き足立ち、大きな痛手を被る。それでも大陸最強の陸軍たる意地を見せて一時は持ち直すものの、その頃《ころ》にはミロスラフ軍は撤退の流れを作っていた。

「帝国軍を殴って痛手を与えたという箔《はく》を得たら、さっさと切り上げて帰還ですか。激情家のようで戦運びは意外とスマートですね」

「ファルカッソでは、さすがミロスラフ王子と称賛の声が止まぬようです」

「そうでしょうとも。そして反対に我が兄たちは良いところ無しで睨《にら》み合《あ》いを解除し、撤退ですか。今頃《いまごろ》両首脳陣はお通夜みたいな空気でしょうね。しかしこれは、うーん……」

言いながらロウェルミナは何事か思案する。

フィシュは邪魔をしないよう言葉を控えてそれを見守る。

やがてロウェルミナはぽつりと言った。

「好機、というのはあながち間違いじゃないかもしれませんね」

「と、仰《おっしゃ》いますと？」

「今年中にこの帝位争奪戦を終わらせます」

この発言にフィシュはぎょっとなった。

「で、殿下、それはさすがにいきなりすぎでは」

「いいえ、兄たちの被害状況を見るに、想像以上に追い込まれています。恐らくここからは死に物狂いで挽回《ばんかい》を試みるでしょう。悠長に構えていては、喉《のど》を嚙《か》みちぎられかねません。そうなる前に、こちらから叩き潰《つぶ》します」

フィシュはごくりと喉を鳴らした。場所はいつもの執務室で、主君はいつもの調子で、しかし歴史の分岐点が今、目の前に生まれようとしている。

「殿下、それでは……」

震える部下の声音《こわね》を前に、ロウェルミナはにこっと笑った。

「史上初の女帝が産まれるか、私が歴史の闇《やみ》に埋もれるか……大勝負ですね」

◆◇◆

冷たい石造りの廊下に足音が響く。

そこは帝国にある、東レベティア教の象徴たる大教会。

時折すれ違う信徒に会釈《えしゃく》しながら歩くのは、宣教師ユアンである。

やがて彼が到着したのは教会の最奥だ。そこにある重厚な扉を開くと、その先にあったのは礼拝堂だ。

「教主様、ただいま戻りました」

「ユアンか」

礼拝堂に居たのは一人の男。

ユアンが今口にした通り、東レベティア教の代表たる教主を務める人物である。

「報告は聞いている。他の信徒共々、苦しい試練であったな」

「はい。しかし無事に乗り越えることができました」

「そなたの労をねぎらい、しばしの休養を差配したいところだが……すまないが、もう一働きしてもらいたい」

「何なりと」

恭《うやうや》しく頭を下げるユアンに、教主は言った。

「先日、ロウェルミナ皇女の提案に乗って、ファルカッソ王国での活動地域を限定させたことは聞いているな？」

「はい。弾圧を逃れるためとはいえ、困窮する民に手を伸ばしにくくなりますね」

「その点は心配ないだろう。既に我らの存在はファルカッソ王国内に広く周知されている。我らの手が必要な民は、自然と集まるようになるはずだ」

教主は続けた。

「話というのは、提案を呑《の》むにあたって手にした代価だ。ロウェルミナ皇女の仲介で、ナトラ王国のウェイン王子と会見する機会を得た」

「おお……」

北方の名君、ウェイン・サレマ・アルバレスト。

東レベティア教の信徒はナトラにも細々と存在するが、ウェインが信仰的には西のレベティア教寄りの態度を示していたため、距離を置いていた。それ以前に、重要視するほどナトラの価値が高くなかったというのもある。

しかし今は違う。ウェインは信仰に対してドライな人間であることが解り、さらにナトラは飛躍的に成長している。今この時、ナトラと繋《つな》がりを持つことは東レベティア教にとって大きな価値を持つだろう。そも、ユアンがデルーニオを橋頭堡《きょうとうほ》としてナトラと接近したのも、まさにそのためだ。

「会見の調整のために、そなたには現地に飛んでもらいたい。他の者をという案もあったが、フラーニャ王女と繋がりを得ているそなたが適役であろう」

「お任せ下さい。必ずや教主様の信頼に応《こた》えてみせます」

教主は満足そうに頷《うなず》き、それから重苦しい声音で呟《つぶや》いた。

「帝国の動乱も正念場だ。それに応じて、西側諸国も動き出すだろう。……この嵐《あらし》の果てで大いなる繁栄を摑《つか》むため、我らも覚悟を決めねばな」

◆◇◆

「ふにゃーん……」

デルーニオ王国首都リデルの屋敷。

その一室で、フラーニャは机に突っ伏してぐったりしていた。

「お疲れのようですね、フラーニャ殿下」

微笑《ほほえ》みかけるのは傍に立つニニムだ。密使として彼女の元を訪れてから、こうして傍で補佐に努めている。

例の会議でひとまずの決着を得たが、全《すべ》てが片付いたわけではない。むしろ一つの決着は次なる労働への布石だ。フラーニャは兄への報告、グリュエール王との連絡、ラウレンス王と今後についての話し合いと、帰国もままならず奔走《ほんそう》していた。

「あまり根を詰められますと頭の働きも鈍ります。少し休まれてはどうでしょう」

ニニムがそう口にすると、脳内のウェインが「あれ⁉　俺《おれ》の時よりなんか優しくない⁉」と抗議をしてきたが、彼女は無視した。

「そうしたいのは山々だけど、もう少しで終わるし、何より私しかできないことだもの。最後まで頑張るわ！」

ぺしぺし、とフラーニャは自らの頬《ほお》を叩《たた》いて気合いを入れる。

その姿をニニムは感慨深げに見つめた。

「どこぞの怠け者たちにも聞かせてやりたいお言葉ですね」

「どこぞの怠け者って？」

「さて、どこの者でしょうね」

ニニムがくすくす笑うと、部屋の扉が叩かれ、一人の男が姿を見せた。シリジスだ。彼はようやく傷が癒え、歩けるようになっていた。

「殿下、少しよろしいでしょうか」

フラーニャが頷くと、シリジスの眼がチラリとニニムへ向く。意図を汲《く》んだニニムは、フラーニャの傍から離れた。

「それでは私は帰国の手配をして参ります」

そう言ってニニムは一礼して部屋を出て行く。

彼女の足音が完全に聞こえなくなったところで、シリジスは口を開いた。

「先ほど、ラウレンス王との話し合いがすみました。マレインの失脚に伴い、その傍で利権を握っていた者たちも排除できそうです。デルーニオの家臣団は再編成され、ある程度は健全化されるでしょう」

「朗報ね。私にとっても、貴方にとっても」

そう応じてから、フラーニャは本題を切り出した。

「それでシリジス、貴方はどうするつもり？　……ラウレンス王から国に残るように請われたのでしょう？」

「……ご推察の通りです」

シリジスは小さく頷くと、思いを馳《は》せるように言った。

「私にとってデルーニオは祖国です。危機こそ脱しましたが、この国が苦しい状況なのは変わりません。私の力が必要だろうという気持ちは今もあります」

「……」

「ですが、私はお約束しました。今回の窮地を乗り越えたならば、私は心からフラーニャ殿下の臣になると。それにラウレンス王はあの会議で拙《つたな》いながらも覚悟を示された。あの意志があれば、私がおらずともデルーニオ王国はやっていけるでしょう」

シリジスはその場に跪《ひざまず》いた。

頭を垂れて礼をするその仕草は厳粛《げんしゅく》で、堂に入ったものだった。

「今この時より、殿下に苦難があれば共に血を流し、喜びがあれば共に涙を流します。殿下に忠誠を捧《ささ》げられることを栄誉とし、この身が土塊《つちくれ》と化すまでお力になることを誓います。私に殿下の影たる資格があると思われるのであれば、どうか我が誓いにお許しを」

それがシリジスの、心からの言葉であることは、疑いようもなかった。

フラーニャは緊張と感慨で一度大きく深呼吸すると、厳かに言った。

「……許します」

短く、ハッキリとしたその声によって、二人は誓いが結ばれたことを感じた。

眼に見えるものではない。書面に記すことでもない。しかし互いが互いを尊重し合う限り、この誓いが破られることはないと二人は確信した。

そして、

「……真の家臣となった今、私はフラーニャ殿下に申し上げねばならぬことがあります」

シリジスは、強い決意を胸に、あるいは最後になるかもしれない進言を口にする。

「何かしら？」

「私はフラーニャ殿下をナトラの王にすべく、秘密裏に行動しております」

「………」

フラーニャの顔に、動揺はなかった。

彼女は数秒ほど瞑目《めいもく》し、思考と呼吸を整えると、ゆっくりと口を開いた。

「実のところ、そんな噂《うわさ》は耳に入っていたわ」

「……」

「理由は、お兄様への復讐《ふくしゅう》？」

「はい。それが第一にありました」

シリジスの告白に、フラーニャは小さく息を吐いた。それは失望ではなく、安堵《あんど》だ。

「貴方の行いは間違っていたけれど、でも、貴方から口にしてくれたことは嬉《うれ》しいわ」

フラーニャは微笑む。彼女はこれがシリジスの懺悔《ざんげ》であり、そして主従として新たな一歩を踏み出す禊《みそ》ぎと捉《とら》えていた。

「私に臣従の誓いをした以上、もうしないということでしょう？」

だからこそ、口から出てきたのはその言葉であり、

「いいいえ」

シリジスの返答に、今度こそ動揺を抱いた。

「フラーニャ殿下。私は今回の件で確信しました。貴女様《あなた》こそ、ナトラの王に相応《ふさわ》しいと」

「なっ……！」

フラーニャは思わず声を張り上げる。

「シリジス、貴方は何を言っているか解っているの⁉」

シリジスは臣従を誓った次の言葉で、兄を追い落とせと言ったのだ。この場で切り捨てられても文句は言えない。

「ウェイン殿下は、ナトラ躍進の立役者です。あの方が居なければナトラはとうに西か東に呑み込《こ》まれていたことでしょう。あの方の功績は万民が認めるところであり、またその治世は仁と義と愛に溢《あふ》れ、多くの民はウェイン殿下の庇護《ひご》下で更なる繁栄を確信しています」

「ええ、そうよ。それの何が不満だというの？」

「フラーニャ殿下も、薄々気づいておられるはずです。ウェイン殿下が本当にそれほど心優しい御方《おかた》であれば、私も永久に口を閉ざしていたことでしょう」

「……っ」

フラーニャの肩が震えた。

優しく頼りになる、完全無欠の兄。

それが彼の持つ一側面でしかないことは、彼女も気づいていた。

「で、でも、仮にお兄様が民を慮《おもんぱか》っていないとしても」

「二つです」

フラーニャの言葉を遮《さえぎ》って、シリジスは言った。

「為政者の座に着くためには、最低限、二つの条件のうちの一つが必要です」

「……それは？」

「民を愛していること。あるいは、国家を必要としていること」

シリジスは告げた。

「民を愛しているのであれば、国が必要でなくとも、愛する民のために責任を果たすでしょう。あるいは民を愛していなくとも、国が必要である限り、国家安寧のために力を尽くすでしょう。為政者にはこのどちらかの素養が必須なのです」

シリジスの言わんとしていることを、フラーニャは察した。

「待ちなさいシリジス！　それ以上は！」

「ですが、ウェイン殿下にはどちらもない」

言葉の刃がフラーニャに突き刺さった。

これがただの罵倒《ばとう》や、筋違いの因縁であればどれほど良かっただろうか。それならばいくらでも反論し、戦うことができたはずだ。

しかしできない。シリジスの言葉を否定する気持ちで一杯になりながらも、心のどこかで納得しているからだ。兄は民を愛していないし、国を必要ともしていないと。

「あの方は竜です。荒野に座して翼を広げる竜です。ナトラの民はその翼の下で幸福を得ている。民は竜が翼を広げているのは、自分たちを愛しているからだと思っている。しかし違う。

竜はただの気まぐれでそこにいるだけにすぎない」

「……」

「あの方が明日、突然ナトラから姿を消しても驚きはありません。そしてそれがどれほど危険なことか、フラーニャ殿下もお解りでしょう。ナトラの政治は今やウェイン殿下の双肩にかかっている。そのウェイン殿下が……竜が飛び立った後に残された民は、どうなるでしょうか」

フラーニャの脳裏《のうり》に、渇き苦しむ民の姿が浮かんだ。

そしてこれは誇大妄想などではない。たとえ兄が消えなくとも、ある日突然父のように病に倒れることだってあるだろう。そうなったらナトラはどうなるか、そんな想像がふと頭を過《よぎ》ったことは一度や二度ではない。

この件はナトラが直面している、しかし誰《だれ》も正視しようとしてこなかった問題なのだ。

「っ……だったら！　今から皆が成長すればいいだけでしょう！　お兄様が居る間に、お兄様が居なくなってしまうその日が来るまでに、お兄様が居なくなっても大丈夫なように！」

「それができないのですよ」

シリジスは頭を横に振った。

「多くの人は弱いのです、フラーニャ殿下。低きに、楽に、どんどんと流れて行く。竜が居る限り、民は竜に甘え続けます。デルーニオ王国から式典の招待が届いた時もそうです。家臣たちは一度は権威を傷つけたウェイン殿下を政務から遠ざけようとしたにも拘《かか》わらず、問題の気配を感じるや否《いな》や、すぐさま呼び戻した……」

「……だから、私がお兄様の代わりに王になれと？　お兄様に何もかも劣る私が」

「能力であればそうでしょう。しかし人柄、民に愛される素養は、決してウェイン殿下に負けるものではありません。何よりも、フラーニャ殿下は民とナトラを愛しておられる」

「……っ」

「そしてそれこそがナトラには必要なのです。フラーニャ殿下が全てをこなせるようでは、今度はフラーニャ殿下に甘えるだけでしょう。ですが不足があれば補おうとして奮起する。そうすることで民は自分の頭で考え、自分の足で歩くことを思い出すはずです」

　胸がざわつく。息が乱れる。いっそ人を呼んで、黙らせたいとすら思う。

だというのに遮ることができない。シリジスの一言一言で、見えていなかった、見ようとしていなかった道筋が、輪郭を帯びてくる。

「この状況に危機意識を持っている者は少なからずいます。ですが限界はある。自らの足で暗い荒野を歩くのは、誰にとっても恐怖でしかありません。だからこそ、その時に彼らが持つ灯火《ともしび》になり得る人物が必要なのです」

　そしてシリジスは、何よりも恭しく、そしてハッキリと告げた。

「王になり下さいませ、フラーニャ殿下。ナトラの未来には、貴女様が必要です――」

◆◇◆

「ニニム様、こちらの荷物はどうしましょうか？」

「注文した糧食がまだ届いていないようです」

「帰国の道程は如何《いかが》しましょう？　いくつかの街の貴族や有力者から、是非ともフラーニャ殿下にご挨拶《あいさつ》したいと連絡が」

「はいはい、今行くわ」

矢継ぎ早に飛んでくる問題に、ニニムは手早く対処していく。

（ウェインの傍にいても、フラーニャ殿下の傍にいても、やることは変わらないわね）

そんなことを考えていると、またもや問題が舞い込んだ。

「ニニム様、馬車の調子がおかしいようです。どうも車軸が割れかけてるとかで、今修理できるか確認させていますが」

ニニムはすぐに屋敷の外の、馬車の置かれている倉庫へ向かった。そこで馬車の状態を確認している技師に声をかける。

「どう？　直りそうかしら？」

「これは……応急処置は可能ですが、ナトラまで持ちそうにないですね。丸ごと取り替えた方がいいかと」

「もうじき帰国だっていう時に……」

急いで修理に出すか、それに時間がかかるようなら、いっそ馬車を丸ごと新調するか。しかし予算の問題もある。悩みながら屋敷へ戻ろうと歩いていると、屋敷の前を貴人のものらしき馬車の一団がゆっくりと進んでいるのが見えた。

（……あそこから一台拝借できないかしら）

そんなことを思いながら、ニニムは通り過ぎていく一団を眺め――


「あら……」

馬車の中にいたカルドメリアは、窓の外に見えた人物を見て、心なし弾んだ声で呟いた。

「如何されました？　カルドメリア様」

「いいえ、奇遇なこともあるものだと思っただけですよ」

同席する部下のアイビスに応じながら、カルドメリアは手元にある資料に眼を落とす。

「それにしても、よろしかったのですか？　こんなに簡単に手を引いてしまって……」

「構いませんよ。面白《おもしろ》そうなので観戦に来ましたが、そもそも本来の目的はデルーニオではありませんし、そちらはこうして達成されていますから」

そう言ってカルドメリアが示すのは、手に持っていた資料だ。

「それがトルチェイラ王女との取引で入手したものとは聞いていますが、一体……？」

「ソルジェストの王宮に所蔵されていた、足跡ですよ。……フラム人のね」

「フラム人の？」

アイビスの顔に戸惑いが浮かぶ。西側諸国において被差別人種のフラム人。そんな連中の資料が、国家の存亡よりも優先されるとは、どういうことか。

「人は過去を直接見ることはできません」

カルドメリアは滔々《とうとう》と語り出した。

「ですが後世に残された資料には、記された人物の思いや行動が滲み出ています。もちろんそれは一面でしかありませんが……様々な国家、組織、民間から取り寄せた資料を照らし合わせることで、重なり合う一面は多面的になり、ついには失われた輪郭を描き出すことが可能になるのです。そして……ああ、やはり」

カルドメリアが妖《あや》しく微笑んだ。

「そうなのですね、あの一団の目的は。そういうことだったのですね」

「カルドメリア様……？」

理解が及《およ》ばず怪訝《けげん》な顔になるアイビスに向かって、カルドメリアは言った。

「フラム人の始祖の直系は生きています」

「なっ――!?」

フラム人の始祖。その意味の重大性を知る者はさほど多くない。しかし知っていれば、そして知った上でレベティア教の側についている人間にとっては、絶大な意味を持つ。

「それを守り、隠すための組織を率いたのが、フラム人のラーレイ」

カルドメリアは秘された歴史を紐解《ひもと》いていく。その深奥にあるのは、誰にも知られてはならないフラム人の秘密。

「彼らが行き着いた場所が、百年前のナトラ王国。そして現在における直系の末裔《まつえい》こそが……」

カルドメリアの脳裏に若い王太子の姿が浮かぶ。

そして、そんな彼に忠実に付き従う、一人の少女の姿も。

「ニ、ニニム・ラーレイ」

カルドメリアは言った。

「彼女こそが、この大地のフラム人全てにとっての、心臓です――」

◆◇◆

ナトラ王国国王オーウェンは、その日、一つの決意を固めていた。

いつか決めなくてはならないことであり、同時にとうの昔に決まっていたことでもある。後はそれをどのタイミングで告げるかの問題で、それが今日だったということだ。

と、その時、部屋の扉がノックされた。

「ご無沙汰《ぶさた》しております、父上」

現れたのは、自分の息子であり、ナトラの実質的指導者となっている王太子、ウェインだ。

「久しぶりだな、ウェイン。大事はないか？」

「ええ、お陰様で元気に過ごしています。父上こそ、お加減の方は？」

「……耳を貸せ」

オーウェンに促され、ウェインは顔を寄せた。

「ここだけの話だが、近々酒盛りでもしようと思っている」

ウェインは小さく吹き出した。

「くれぐれもフラーニャには秘密にせよ。衛兵に命じて一滴の酒すら部屋に通さないようにしかねんからな」

「さて、息子として父親の味方をすべきか、兄として妹の味方をすべきか、悩ましいですね」

ウェインは笑いながら椅子を運び、寝台に横になるオーウェンの傍に腰掛けた。

「それにしても、あまり顔を出せず申し訳ありません」

「構わん。私も長らく為政者であった身だ。国に対して真摯《しんし》に尽くそうと思うほど、時間が限られていくことは知っている」

「いや仰る通り。だというのに私は補佐官から毎日仕事をしろとせっつかれていますよ」

「難儀な話よ。王の孤高は余人には理解されがたいものだからな」

それからしばらく、ウェインとオーウェンは他愛《たあい》のない話に花を咲かせた。二人の間には間違いなく親子の情があることが見て取れた。

「──それで父上、お話というのは?」

やがて、ウェインが口火を切った。

今日ウェインがここに居るのは、他ならぬオーウェンに呼び出されてのことだ。

「以前から考えていたが、そろそろ頃合《ころあ》いだと思ってな」

「と、言いますと?」

オーウェンは一拍の後、答えた。

「そなたに、王位を譲ろうと思う」

ウェインの肩が僅《わず》かに揺れた。

それを横目に、オーウェンは続ける。

「フラーニャには大丈夫と言っているがな、真摯であろうとする程に王は激務だ。私がもう一度政務を執れるほど快復するのは難しいであろう」

オーウェンは己《おのれ》の両手を見る。元より偉丈夫とは言いがたい体だったが、病に倒れてから一層細くなった。年齢もあろうが、体力、集中力も落ちている。再び玉座に舞い戻ったとして、王として毅然《きぜん》としていられる時間は、一日にどれほどか。

「そなたは摂政として十二分に能力を発揮し、その能力は国内外で認められていると聞く。私に代わって王冠を被ることになっても、誰も異論は唱えまい」

ゆえに王位を譲る、とオーウェンは言う。

王太子としてウェインが生まれた時から、この日が来ることは決まっていた。しかしいざこうして口にしてみると、オーウェンの胸に寂寥《せきりょう》感が過った。

「父上のお覚悟、並々ならぬものとお見受けします」

権力を手放し、後任に受け継がせることは権力者の最後の仕事だ。しかし権力に取り憑《つ》かれ、それができなくなる者もいる。たとえ長らく病に伏せっていても、オーウェンはその仕事から逃げはしなかった。

「……しかしその前に、私の願いを聞いて頂けませんか？」

「願いだと？」

それはオーウェンが驚くほどに、意外な申し出だった。

「珍しいな、そなたが私にそのようなことを」

ウェインは幼い頃より才覚を発揮している。欲しいもの、必要なものは誰かにねだるのではなく、自分で取りに行ける人間だ。

「ええ、恐らく生涯最初で最後になることでしょう」

そうまで言われては、王として、父として、聞かないわけにはいかない。

「いいだろう、申してみよ」

するとウェインはにっと笑ってこう言った。


「――父上、歴史に悪名を刻んで頂きたい」


かくして数多《あまた》の思惑が巡り、終着へと走り出す。

後の世で賢王大戦と呼ばれるこの時代。

史書において最も長く綴《つづ》られる一年が、始まろうとしていた。

あとがき

皆様お久しぶりです、鳥羽徹です。

この度は「天才王子の赤字国家再生術10～そうだ、売国しよう～」を手に取って頂き、誠にありがとうございます。

今作のテーマはズバリ「両面作戦」！　ウェインとその妹であるフラーニャが、それぞれ別の局面で頑張るお話となっております。ウェインは言わずもがな、登場初期からは想像もつかないほど成長したフラーニャの活躍を楽しんで頂ければと思います。

それはそれとして、十巻です！　ついに二桁巻に到達しました！　すごい！

以前の後書きで十巻見えてきたなあとか書いた記憶があるんですが、本当に大台に乗れて達成感もひとしおです。読者の皆さんの応援には本当に感謝しかありません。

そして同時に身を以て理解したことは、シリーズを十巻も書き続けるのはとっても大変ということ……！　もはや毎度のことになっていますが、次にどんな話を書けばいいかで七転八倒しております。

だというのにちょっと見渡せば、二十巻とか三十巻とか続いてるシリーズがポンポンあるわけですから、恐ろしい業界ですよね……世の中怪物みたいな作家さんが一杯です。

さてここからは恒例の謝辞を。

まずは担当の小原さん。例のごとく締め切りを破る闇の作家で申し訳ないです！　前回よりは改善されたので、この調子で締め切りを守る光の作家になれれば……どうかな……。

イラストレーターのファルまろ先生。今回も素敵なイラストをありがとうございます。何かとおっさんが出てくるこのシリーズですが、今回はフラーニャが一杯で華やかでしたね！

読者の皆様にも改めて感謝を。アニメ化が決定し、十巻という大台を迎えることが出来たことは、間違いなく皆さんが支えてくださっているおかげです。今後ともよろしくお願いします。

またスマホアプリのマンガＵＰ！様にて、えむだ先生のコミカライズも好評連載中です！

ニニムやロウェルミナの可愛さがすごいので、是非ともよろしくお願いします！

それと新刊帯にも記載されていると思いますが、アニメは22年の1月に開始予定です！

一緒に放映日を期待しながら待ちましょう！


さて、ここから物語は佳境に向かう予定です。

舞台は大陸全土に渡り、あらゆる勢力がそれぞれの思惑の下に動き出す中、ウェイン達がどのような結末を迎えるのか。全身全霊で描ききるつもりですので、最後までお付き合い頂ければ幸いです！　それではまた、次の巻でお会いしましょう。

ファンレター、作品の
ご感想をお待ちしています

〈あて先〉

〒106－0032
東京都港区六本木2－4－5
SBクリエイティブ（株）
GA文庫編集部 気付

「鳥羽　徹先生」係
「ファルまろ先生」係

本書に関するご意見・ご感想は
右のQRコードよりお寄せください。

※アクセスの際や登録時に発生する通信費等はご負担ください。

https://ga.sbcr.jp/

天才王子の赤字国家再生術 10
～そうだ、売国しよう～

発　行　　2021年8月31日　初版第一刷発行
　　　　　2022年2月　3日　　第三刷発行
著　者　　鳥羽　徹
発行人　　小川　淳

発行所　　SBクリエイティブ株式会社
〒106－0032
東京都港区六本木2－4－5
電話　03－5549－1201
　　　03－5549－1167（編集）

装　丁　　冨山高延（伸童舎）

印刷・製本　中央精版印刷株式会社

ISBN978-4-8156-1095-1
Printed in Japan　　GA 文庫

やたらと察しのいい俺は、毒舌クーデレ美少女の小さなデレも見逃さずにぐいぐいいく4

著：ふか田さめたろう　画：ふーみ

GA文庫

お互いの気持ちを確かめ合い、晴れて恋人同士となった小雪と直哉だが、恋人としての関係を意識して小雪は逆に固くなってしまう。そんな折、小雪の許嫁として、イギリスからの留学生アーサーがやってくる。しかし彼は一緒にやってきた義妹のクレアと相思相愛だと見抜いた直哉。小雪との両想いぶりを見せつけることで許嫁として諦めさせ、クレアとの恋を成就させるべく立ち回ることに。

なかなか素直になれない二人をたきつけ見守りながら、自分たちの関係を省みる小雪と直哉は——

天邪鬼な美少女と、人の心が読める少年の、すれ違いゼロの甘々ラブコメディ、第4弾。